Sinner's Escape: Mafia Romance (Edición Español)

Alice H.F

Published by Alice H.F, 2024.

This is a work of fiction. Similarities to real people, places, or events are entirely coincidental.

SINNER'S ESCAPE: MAFIA ROMANCE (EDICIÓN ESPAÑOL)

First edition. May 8, 2024.

Copyright © 2024 Alice H.F.

ISBN: 979-8223975243

Written by Alice H.F.

Also by Alice H.F

Dark Angel: Mafia Romance
Inked Hearts: Eine Bad Boy Tattoo Romance
Sinner's Escape: Mafia Romanz
Bound by Duty: Mafia Romanze
Bound by Duty: Romance Mafieuse
Kings of the Mafia: Mafia Romance Sammlung
Kings of the Mafia: Une Mafia Romance Collection
Dark Angel: Mafia Romance (Edición Español)
Dark Angel: Um Romance de Máfia (Edição Português)
Sinner's Escape: Mafia Romance (Edición Español)
Sinner's Escape: Um Romance de Máfia (Edição Português)

Colt es el tipo de persona a la que llamas cuando quieres que se haga un trabajo limpio, sin problemas. Posesivo, peligroso, frío como el hielo y firme en su convicción. Toma lo que quiere, sin importar el costo.

La vida le ha enseñado una cosa o dos, dándole forma al hombre despiadado que ves hoy.

Mila, una joven audaz y valiente, se convierte involuntariamente en el catalizador de un cambio sísmico en el mundo de Colt. Sin embargo, a medida que el enigma que rodea a Colt comienza a desenredarse, Mila se encuentra en una encrucijada, enfrentada a una decisión que dará forma a sus destinos entrelazados.

La verdad sobre Colt es una espada de doble filo, que atraviesa las ilusiones y deja a Mila para tallar su destino en un mundo donde las apariencias pueden ser engañosas.

UNO

DOS

TRES

CUATRO

CINCO

SEIS

SIETE

OCHO

NUEVE

DIEZ

ONCE

DOCE

TRECE

CATORCE

QUINCE

DIECISÉIS

DIECISIETE

UNO

Una chica se ríe con su mamá cerca del puesto de hot dogs, un tipo lee el periódico sentado en uno de los bancos un poco más lejos. Algunos corredores pasan rápidamente, dirigiéndose al parque, solo la escena cotidiana de un día soleado y común.

Ajusto mi mirada un poco; no puedo fallar. El premio gordo está a la vuelta de la esquina, no necesito una foto; mi memoria es mi superpoder, una habilidad con la que nací. Recuerdo las cosas que veo solo una vez, eso de la "memoria fotográfica". Enfocándome en mi objetivo, un coche se estaciona y salen cuatro tipos.

"¿Qué pasa, Harry? ¿Estás nervioso?" Él sonríe.

Otro coche se detiene detrás, salen dos tipos, probablemente fisicoculturistas. Me encojo.

"La crema de la crema, ¿verdad, Harry?"

El portero abre la puerta y sale el objetivo, los guardaespaldas creen que están salvando a su jefe de problemas. Exhalo, ojos cerrados, Harry caminando con el maletín. Aprieto suavemente el gatillo y la bala sale de mi arma, directo a su cabeza. En segundos, cae como un saco de papas, los policías se apresuran a encontrar al tirador. Me apoyo en la pared fría, rifle en mano, una sonrisa se extiende, un golpe perfecto en un día perfecto. Es hora de guardar mi equipo.

"Moneda en mi palma, de mi creador, dándome vida ahora"... Tarareo la melodía mientras empaco.

"Muéstrame cómo vivir..." una voz familiar me sobresalta y un cañón de arma fría se posa en mi cuello. "Bonita canción, Colt", dice.

Diablos, esto no pinta bien.

"Hola, Mike", digo, con los ojos cerrados y una sonrisa en el rostro.

Él apuntándome con un arma a la cabeza solo significa una cosa: para mis jefes, parece que estoy fuera del juego.

"Me caes bien, Colt, pero es solo un asunto de negocios".

"¿Por qué tienes que ser tú, Mike?" Me levanto, intentando darme la vuelta, pero él me mantiene en mi lugar.

"De rodillas, Colt, por favor", solicita en un tono gélido.

La calma es parte del trabajo; así es como funciona. Hago lo que se me dice. No esperaba encontrarme con mi creador a los treinta, pero al cerrar los ojos, todo se desvanece en la oscuridad.

Victoria aprieta el puño, su hermano conectado a un artilugio. Lucha contra las ganas de desmoronarse allí mismo, no sería su estilo. Al salir de la habitación, toma una profunda respiración y se acerca al médico.

"Doctor", extiende su mano, "soy Victoria Hunter, la hermana de Colt".

"Es un placer conocerla, señorita Hunter", responde.

"¿Cómo está él?"

"Lo mantenemos sedado para estabilizarlo; tuvimos que realizar dos cirugías".

"¿La bala le hizo algún daño?" pregunta.

"Aún no estamos seguros, estas setenta y dos horas son críticas", dice, mirando con tristeza a su hermano a través del cristal de la habitación. "Tuvo suerte, ¿sabe?"

Ella se muerde el labio.

"¿Qué quieres decir?"

"Quien le disparó apuntó para causar el menor daño posible. Si me disculpa, tengo otros pacientes a los que atender", dice el médico, retirándose.

Victoria regresa a la habitación de su hermano, se inclina y le da un beso en la frente.

"Vuelve, hermanito", susurra.

UN AÑO DESPUÉS...

Victoria entra en el apartamento de Colt, encontrándolo todo impecablemente limpio. La música que suena a todo volumen a través de los altavoces la hace poner los ojos en blanco. Agarra el control remoto, baja el volumen, se dirige al balcón y ve a su hermano colgado de la barandilla. Su agarre es firme, los pies colgando, los músculos flexionándose mientras sube y baja.

"Deja de hacer eso, es arriesgado", advierte.

Él se balancea hacia adentro, gira, el sudor le gotea y le dedica una sonrisa.

"Buenos días, hermana".

Le lanza una toalla, un poco irritada.

"Ten cuidado, Colt", espeta. "No hace mucho que te dieron un balazo y casi la palmaste, ¿recuerdas?"

Se dirige a la cocina, Colt pisándole los talones.

"Bonitos zapatos", comenta, mirando sus tacones de diseño a juego con su traje.

"¡Basta! Quédate ahí, ¿quieres?" Ordena, levantando el dedo índice. Sorbiendo su café, se recuesta, mira la mesa y agarra los medicamentos que tiene que tomar a diario.

"¿Estás tomando eso?" pregunta, observándolo tirar la botella de agua a la basura.

"Cada día", responde, arrebatándole la botella y dejándola en la bandeja. "Vic", la mira a los ojos.

"No me llames así; sabes que lo odio", replica ella.

"Hermanita, estoy bien, ¿de acuerdo?", le asegura, abrazándola. Aunque es tres años más joven, siempre ha sido la protectora. Hubo un tiempo en que se distanciaron, pero eso es historia. La suelta.

"Ignoraré el hecho de que estés todo sudado y que te encuentre abrazándome", dice, haciendo una mueca. Colt le guiña un ojo en complicidad.

"Me voy a duchar, ¿contenta?"

COLT

Victoria está sentada en el balcón, una mujer impresionante. Si mamá la viera, pensaría lo mismo de su hija.

"Estoy limpio, ¿satisfecha?" Levanto los brazos, fingiendo inocencia.

"Muy gracioso, toma esto". Me entrega un sobre de papel de madera. Conozco el procedimiento; ha sido mi trabajo durante unos meses ahora: un asesino a suelto. La ironía es que trabajo fuera de la agencia donde mi hermana es agente. Cuando quieren resultados rápidos, me llaman. No puedo quejarme; la paga es dulce.

"Tu próximo objetivo", explica.

"Lindo". Tiro el sobre a un lado, rascándome la cicatriz cerca de la parte posterior del cuello, casi un hábito ahora.

"Tengo que irme", dice, levantándose. La acompaño a la puerta. "Estaré fuera una semana como máximo. Si necesitas algo, llama a Nick".

Nick, el friki de la tecnología que me abastece de lo que necesito.

"Está bien, ¿a dónde te envían esta vez, eh?"

"No te lo diré", responde, besándome en la mejilla antes de irse.

Ella es la luz en mi mundo oscuro; me enfrentaría a cualquiera que la molestara. Abro el sobre, revelando una instantánea de mi próximo objetivo: Arthur Bancroft, un multimillonario, un traficante y, peor aún, sospechoso de tráfico de niñas. La escoria de la tierra. Prendo fuego a la foto. Afortunadamente, mi don de la memoria no se desvaneció después del accidente. Rebusco en mi armario, encuentro algo de mi gusto y sonrío.

El hotel Medley, un lujoso establecimiento de cinco estrellas donde a tipos como Arthur Bancroft les gusta alojarse. Está en la ciudad por negocios, pero no por mucho tiempo si la información que mi hermana me filtró es cierta. La suite 213 en el octavo piso es su pista, así que cruzo el vestíbulo, me acerco al mostrador. La morena con los labios pintados de un tentador color uva me da la sonrisa programada de servicio al cliente, pero cuando un tipo como yo se pasea, es un cambio instantáneo a "modo sonrisa seductora".

"Vaya, estás enamorado de ella", la voz de Nick crepita a través de mi audífono.

"Buenos días," le sonrío.

"¿Cómo logras que todos se rindan ante ti?" él indaga desde el otro lado.

"Buenos días, señor. ¿Cómo puedo ayudarlo?"

"Vengo a reunirme con el Sr. Arthur Bancroft en la habitación 213," digo, mirando mi reloj.

"Espere, me comunicaré con él."

"Lindo escote," murmura Nick.

"Cállate," murmuro entre dientes apretados.

"El Sr. Bancroft no está en su habitación, pero la computadora dice que está en la piscina del hotel en este momento."

"Gracias," respondo con tono elegante, y ella se sonroja.

"Felicidades, tienes otro admirador."

"Recuérdame por qué te soporto," suelto.

"Porque te gusto," responde con tono irónico.

Tomo el ascensor; la piscina está en el piso de la planta baja. El ascensor se detiene de nuevo, un grupo de personas entra. Me quedo al fondo, y de repente, se sacude. Un cuerpo elegante choca conmigo. Levanto la vista para encontrarme con unos hermosos ojos marrones y un rostro sonrojado. El ascensor continúa, pero eso es lo que menos me preocupa.

"¡Lo siento!" se disculpa la chica con tristeza. "De verdad, por favor, discúlpame."

"No te preocupes, fue un accidente," respondo.

Capto un toque de su delicioso aroma a vainilla. El ascensor se detiene en el piso de la planta baja.

"Piscina Romeo," me recuerda Nick.

Ella se pierde entre la multitud, y sigo avanzando. Extrañamente, el contacto de sus manos en mi pecho me dejó extrañamente emocionado. Sacudo la cabeza, aparto ese pensamiento por ahora: concéntrate, Colt.

Pronto, veo al objetivo.

"Tiene dos matones vigilándolo," informa Nick desde las cámaras del hotel.

"Me conoces, eso no es problema," saco mi arma, le pongo el silenciador. "¿Listo?" le pregunto a la voz en mi cabeza.

"Mi parte favorita de este trabajo," responde.

Arthur Bancroft está recostado al borde de la piscina. Me acerco a sus hombres; me ven, pero antes de que puedan sacar sus armas, están abajo. Uno termina flotando en el agua.

"¡Qué demonios!" grita Arthur.

"Corre, cariño, corre," se burla Nick desde el otro lado.

Empapado, el maldito intenta huir, pero le disparo en la pierna, y grita de dolor.

"¡Maldito hijo de perra!" Me escupe.

Lo arrastro por el piso de la piscina, lo siento.

"¿Quién te envió?" Presiona la herida.

"El diablo," respondo, cortesía de Nick.

"Arthur, Arthur, Arthur," gesticulo con el arma. "Has sido un niño malo."

"¿Qué quieres de mí?" Gime.

"Quiero los nombres de tus compradores. Dámelos y te dejaré vivir. Sencillo."

El hombre se ríe con descaro.

"¡Nunca!"

"Bueno, está bien." Le disparo en la otra pierna, y vuelve a gritar.

"¡Eres un hijo de perra!" Ahora, lo toma en la otra pierna.

"Eso debe doler", interviene Nick.

"No lo diré de nuevo, Arthur. Dame la lista o la próxima vez..." Señalo su región privada.

"¡Espera!" Me detiene.

"Escucha". Pongo mi mano al lado de mi oído.

"En mi habitación... un USB... Tengo todo allí".

"¡Perfecto!" Nick aplaude.

"¡Ahora llama a una ambulancia, hijo de perra!" Ordena, lanzando insultos.

Me levanto.

"Oh, oh", escucho del otro lado.

"Estás en mi lista de personas que odio". Le disparo directamente en la cabeza.

"¡Excelente disparo, compañero!" Nick me felicita.

"Gracias. Avisa al equipo de limpieza".

"Todo está listo; están listos para rodar".

"Por eso me gustas, chico", le digo.

DOS

MILA

-¿Mila? Yoohoo, Mila llamando a la Tierra.

Me despierto, captando la sonrisa traviesa de mi amiga.

-Lo siento- murmuro.

Ella se ríe.

"Entonces, ¿en qué estabas soñando despierta, eh?" Empuja mis hombros.

Enrollo otra toalla, agregándola a la pila en el estante.

-¿Adivina? - Me río; sus travesuras hacen que mi trabajo en el hotel sea menos aburrido.

-"Mmm, déjame adivinar: ¿estabas cavilando sobre el misterioso hombre del ascensor cuyos pectorales sexy y duros te salvaron la caída?" Muerde su labio juguetonamente.

"¡Déjalo ya!" Me río.

Soy una tonta, preguntándome por qué estaría pensando en él. ¿Quién sabe si me lo encontraré de nuevo? Pero la vergüenza de mi torpe caída me impide siquiera levantar la vista para ver su rostro.

"¿Qué tal si intentamos encontrarlo?" Guiña un ojo.

-¿Cómo se supone que vamos a hacer eso?

-Fácil. Untamos las palmas de nuestro amigo en la recepción - pone los ojos en blanco. Gary, el tipo del turno de la mañana, se acerca, el último ligue de mi amiga pero no exactamente en su lista VIP, incluso si tengo que soportar una hora de cena con él para obtener el chisme.

-Lo aprecio, pero aquí está el problema: no vi su rostro.

Marie me mira horrorizada.

-Espera, espera, ¿me estás diciendo que caíste en los brazos de un tipo guapo y ni siquiera miraste su cara? - Mi amiga se escandaliza por mi falta de sentido común.

Niego con la cabeza mientras cuento las toallas que hemos reemplazado.

-Sí, ¡quiero golpearte por eso! - Confirma - y estaba a punto de sacrificar este fabuloso cuerpo mío por el bien de tu curiosidad femenina.

Me río; la quiero mucho.

-Mi mamá dice que si estás destinado a conocer a alguien, lo encontrarás eventualmente.

-Pura basura. Si no das el primer paso, nunca lo encontrarás. Ahora ni siquiera sabemos qué huésped es.

Nuestra atención se ve atraída por el alboroto cuando varias personas entran en el área de la piscina.

"Parece que algo pasó".

Dejamos nuestra tarea de toallas y nos acercamos; los policías están dispersos por todas partes.

"¿Por qué está aquí toda la fuerza policial?" Pregunta mi amigo a un colega.

-Parece que eliminaron a uno de nuestros huéspedes. Lo encontraron a él y a sus guardias baleados.

Me cubro la boca con shock; no puedo creerlo. ¿Aquí? ¿Por qué alguien le haría eso?

"¡Qué pesadilla!" Exclama Marie.

COLT

Me encanta sentarme en el borde de la terraza de mi edificio, sintiendo la brisa nocturna contra mi piel. Cierro los ojos y me sumerjo en los sonidos de la calle. Se acercan unos pasos; alguien aplaude detrás de mí. Abro los ojos y es Nick.

"Hermosa amiga mía", me felicita, dejando una página impresa a mi lado. Hay un toque de inquietud en su rostro; es una impresión de un portal de noticias.

"¿No eres fan de las alturas?" Pregunto sin mirarlo, tomando el papel y leyendo el titular.

"Arthur Bancroft encontrado asesinado en una piscina de hotel".

"Trágico", comenta. Nick comienza a hacer ruido, masticando algo con la boca cerrada. Le pregunto en un tono seco.

Se detiene abruptamente.

"Disculpe", se retracta. "Por cierto, los altos mandos están satisfechos con tu trabajo y el dinero se ha depositado. Me encargué de dividirlo en las cuentas que me dijiste. Aquí está", coloca el comprobante de impresión a un lado.

"Gracias, Nick", lo llamo, y él se da la vuelta.

"Dime".

"Necesito que encuentres a alguien", solicito, sentándome.

"Por supuesto, no hay problema. Solo dime su nombre".

"Ese es el problema; no sé su nombre", tomo los papeles que me dejó.

"¿Quieres que encuentre una aguja en un pajar?"

"Absolutamente".

"¡Maravilloso!" Pone los ojos en blanco, y le lanzo una mirada fulminante. Aclarándose la garganta, agrega: "Dime, ¿es personal o de trabajo?"

"¿Eso te importa?" Lo miro emocionalmente, sintiendo un escalofrío que le recorre la espalda.

En el fondo, el tipo me tiene miedo.

"Espera un minuto, ¿no me digas que es la chica del ascensor?" Descubre después de un momento.

"Encuéntrala", le ordeno, esbozando una sonrisa y dándole una palmada en el hombro.

"¿Puedo preguntar qué quieres con ella?"

Hago una pausa y lo miro de reojo.

"La quiero, mi Nick. Eso es todo lo que quiero".

"¿Fuiste a tu sesión?"

Mi hermana vuelve al modo mamá, pero no la culpo; se preocupa por mi salud, especialmente después de pasar dos semanas en coma.

"Iré por la tarde", respondo, poniéndome los pantalones. "¿Cuándo vuelves?"

"¿Me extrañas?"

Sonrío.

"Siempre, mamá", respondo en un tono burlón.

Es ella en el altavoz.

"¿Todo está bien con el trabajo?" Usa un tono sospechoso.

Hago una mueca; supongo que el nerd se enteró de la historia. No lo culpo; la agencia le asignó el papel de ser mi niñera.

"Todo es perfecto, limpio como siempre", elijo entre un par de zapatillas.

"¿Quieres explicarme por qué le pediste a Nick que investigara a una chica?"

¡Bingo! Chasqueo los dedos, agarrando las zapatillas para ponérmelas, pero se me vuelven a caer; el temblor es un maldito efecto secundario del disparo en la cabeza.

"¡Mierda!" Murmuro, usando mi mano izquierda para frotar la derecha. Victoria me escucha.

"¿Colt? ¿Todo está bien?" Pregunta con tono preocupado.

-Oye, es solo que tengo temblores de nuevo - respondo sacudiendo la mano.

"Dios", hace una pausa, "debes tomar tu medicación".

"Estoy haciendo eso ahora mismo". Busco el frasco en la bandeja de la cocina y una botella de agua, tragando las pastillas de un solo trago. Es molesto tener que tomarlas todos los días, pero no tengo opción. Saltarse unos días podría causar una convulsión.

¿Bien? No me respondiste.

Vaya, pensé que eso desviaría su atención del tema.

"Es solo una chica, no es importante".

"Si no es importante, ¿por qué le pediste que la buscara?"

Pongo los ojos en blanco; me estoy cansando de esto.

"¿No es ese tu trabajo?"

"El trabajo de Nick es asistirte en tus misiones, solo eso. Él es tus ojos extras, no para buscar a una chica que seguramente no tiene nada que ver con nuestro trabajo".

"Si me asistes, como dices, entonces tu trabajo es hacer lo que yo pida, punto", respondo sin emoción.

"Hermano, me preocupas. Nunca te habías comportado así antes".

Me pongo la camisa azul y suspiro; sé que terminaré discutiendo con ella. De ninguna manera.

"Es importante para mí; ¿estás feliz?"

"Vaya, ¿cuándo la conoceré?" Puedo decir que se está riendo al otro lado de la línea.

"¿No tienes que trabajar, hermanita?" Cambio de tema.

"Sí", su tono de voz cambia repentinamente.

"¿Pasa algo?"

"No, es solo cansancio. No te preocupes; tengo que irme. Volveré pasado mañana".

"Está bien, avísame y te recogeré en el aeropuerto".

"Te amo".

"Yo también".

Enciendo la televisión; las noticias hablan del empresario asesinado brutalmente. Los periodistas no pueden dejar de hacer conjeturas sin sentido, idiotas. Si supieran lo que realmente era ese tipo... no tiene sentido. Es solo una menos escoria en este mundo. Mi teléfono vuelve a sonar. Miro la pantalla "nerda", pongo el altavoz.

"Buenos días, jefe", me saluda con cortesía.

"¿Qué hay?" Tomo un sorbo de mi café.

"La lista que conseguiste dio sus frutos; ya han atrapado a más de diez de sus socios, y el recuento continúa. Están contentos".

"Es mi trabajo sacar la basura", agrego mermelada a mi tostada.

"Tengo buenas noticias".

"Habla".

"Encontré a tu chica".

Casi me atraganto con el café.

"Te estoy enviando la información ahora mismo. Dime que me amas", dice todo egocéntrico.

"No te lo diré, pero puedo enviarte un regalo".

"Eso sería fantástico. ¡Nos vemos más tarde, buena suerte con la chica!"

¿Suerte? ¿Quién necesita suerte cuando sabes que puedes hacerlo bien?

TRES

DÍA UNO...

Desde que me enteré de Mila, he estado ansioso por acercarme, pero ¿cómo lo hago sin parecer un completo bicho raro? No quiero que salga corriendo como si fuera un acosador espeluznante. Espiándola salir de su casa, una trenza colgando de su cabello, una sonrisa adornando sus labios mientras mira su reloj. Parece que llega tarde; la sigo discretamente desde mi vehículo, el teléfono zumbando en mi mano.

-Sabes, eso roza el "acoso", lo que estás haciendo.

Frunzo los labios.

-¿No tienes nada mejor que hacer? - le replico a Nerd.

-Sí, en este momento, estoy disfrutando del espectáculo de que la sigas en ese clásico tuyo.

-Voy a colgar.

-¡Espera! ¿No sería más inteligente dar un paso adelante y invitarla a salir?

-Adiós, Nick...

Tiene un punto, pero por ahora, me conformo con observarla desde la distancia.

DÍA DOS...

La chica a su lado, su cómplice, siempre con ella en el trabajo y volviendo a casa juntas. Me gusta esa chica; es la que hace reír a Mila, y eso me gusta mucho.

DÍA TRES...

Llego justo a tiempo, siguiéndola desde el metro hasta su apartamento. Un grupo de matones callejeros, botellas en mano, bebiendo junto a la entrada. No me gusta este vecindario; una vez que terminemos este trabajo, la llevaré a un lugar más seguro. Se desliza dentro del edificio, las llaves tintinean mientras cierra; las luces se encienden en su lugar. Buen movimiento, chica, cerrar con llave.

De vuelta en casa, Victoria está recostada, con una copa de vino en la mano y las piernas cruzadas. Rayos, me olvidé de nuestros planes de cena.

-Lo siento, olvidé nuestra cena - me disculpo, dejando las llaves de mi auto en el mostrador.

Ella suspira.

-Supongo que nuestra cena semanal es menos prioritaria ahora que estás siguiendo a alguna pobre chica.

Tomo una Coca-Cola del refrigerador y la abro.

-Así que, ¿la voz en mi cabeza me delató?

Coloco el vaso sobre la mesa.

-Colt, si ella se entera de que la estás siguiendo, es un problema. Si yo fuera ella, te denunciaría en este momento.

Yo me río, dando un sorbo.

"Tienes algo por ella, ¿eh?" Ella pregunta, con arrepentimiento en su tono.

Mucho.

-Me gusta un poco.

"Entonces acércate a ella y invítala a salir. Tu método actual es una receta para el malentendido, y ni siquiera te dejará acercarte".

-Haré un movimiento esta semana, ¿feliz?

Mi hermana se ríe.

-Es la primera vez que te veo actuar así. Sólo no la asustes, ¿de acuerdo?

Agarra su bolso, se acerca y me da un beso de despedida.

-¿Ya te vas?

-Sí, estoy cansada, además tengo que reunirme con el abogado mañana por mi divorcio. Owen se ha vuelto un dolor de cabeza.

-¿Quieres que me ocupe de él? - A decir verdad, su ex es una verdadera molestia, y no me importaría ocuparme de él.

-Gracias, duerme bien, te quiero.

-Igualmente.

Cuarto Día...

Sorprendentemente, estoy replanteándome el comentario de Nick sobre el "acosador". De pie en medio de su sala de estar, el apartamento es lo suficientemente acogedor, financiado por su trabajo en el hotel. Respiro el aire, mis ojos vagan, se posan en una foto familiar: ella, una mujer con uniforme de policía a su derecha, su madre y un hombre a su izquierda, su padre, un matemático. Enseña en una universidad. Dejo la foto, escaneo el lugar, me adentro en su dormitorio, donde el maquillaje y el perfume descansan sobre un tocador. Tomo la botella, aspirando su aroma, que últimamente se ha convertido en mi favorito: vainilla, una deliciosa loción corporal.

Miro mi reloj: las 12:30 am, hora del almuerzo. Perfecto. Llego justo a tiempo para verla salir del hotel con su amiga, dirigiéndose al café de enfrente. Salgo, caminando por la acera. Los miércoles es día de sándwiches, y es cuando almuerza con su amiga, evitando el comedor del hotel.

Me acerco a ella, un tipo se adelanta, dejando caer sus papeles.

"¡Oh, Dios mío, lo siento, disculpe!" se disculpa con el tipo.

Sonríe, genuinamente arrepentida, y me doy cuenta de que los accidentes le suceden con bastante frecuencia. Es auténtica, y eso me gusta mucho.

MILA

-"Hola, Clara," saludamos a la mujer detrás del mostrador.

-"Mis clientas favoritas," responde con una sonrisa, "¿qué quieren mis chicas hoy?"

-"Sándwich de atún y jugo fresco, por favor, necesito un impulso," digo.

-"Yo quiero una hamburguesa con papas y una soda."

-"Sus pedidos estarán listos en quince minutos."

Últimamente, he sentido que alguien me está vigilando, pero aún no he visto nada sospechoso.

-"¿Qué pasa?" Marie me pregunta, notando mi mirada al otro lado de la calle.

-"¿No sabes nada? Últimamente siento que alguien me está observando."

"¿Alguien te está siguiendo?" dice ella confundida, "No creo que sea nada, seguramente es porque tu hija es oficial de la ley", se burla, sin creer lo que digo.

-"Tal vez".

-"Aquí están sus pedidos", Clara nos entrega las bandejas.

-"Gracias..."

Cuando me doy la vuelta, choco con alguien, y mi jugo se derrama directamente sobre una camiseta gris.

-"¡Oh no!" exclamo, dejando la bandeja en el mostrador.

Esto no puede estar pasando.

-"Disculpe, no quería..."

Levanto la vista y nuestras miradas se encuentran. Me pierdo en ellos.

-"No te preocupes, no importa... ¿hola?" Lo veo mover la mano frente a mi rostro, y vuelvo en mí.

-"¡Lo siento!" digo mientras tomo servilletas e intento desesperadamente limpiar su camisa.

-"Oh Mila", dice mi amiga con tristeza.

-"Disculpe", repito una vez más de las muchas que diré hoy. Estoy avergonzada.

-"Relájate, no pasa nada", dice limpiándose, pero su camisa está arruinada y empapada de mi jugo.

-"Me siento mal por lo que pasó. Déjame pagar la lavandería".

Lo veo sonreír, y de repente acerca su rostro al mío, y me sobresalto. Creo que son mis hormonas.

-"¿Por qué dejaría que pagaras la lavandería?" pregunta, haciendo una mueca.

Dios mío, el hombre es guapo, y seguramente debe tener más de treinta años. Noto que mi amiga se para a un lado, mirándome con ojos coquetos. ¡Deja de hacer eso!

-"¿Es una pregunta retórica?" digo y de inmediato quiero cerrar la boca.

Se ríe, y lo miro boquiabierta.

-"Creo que sería mejor que me fuera; tendré que ir a casa a cambiarme", dice, mirando el desastre que he causado.

-"Trabajo en el hotel cercano, y puedo hacerlo lavar y como nuevo en menos de una hora".

-"O puedo ir a casa y cambiarme".

-"Mi amiga tiene razón, señor..."

-"Colt", aclara.

-"Colt", repito su nombre, "déjame hacer eso por ti, por favor. Ya me siento mal por lo que pasó".

-"Está bien, pero tengo una mejor idea".

Mi amiga y yo nos miramos.

-"¿Cuál?"

-"Cena conmigo esta noche, y olvidamos todo el asunto", me dice en un tono melodioso.

¿En serio? ¿Me estás invitando a cenar?

-"Pero no te conozco".

-"Trátame como 'tú', por favor. No soy viejo. ¿Qué dices?"

-"Bueno, yo..."

-"¡Ella acepta!" interrumpe Marie.

Marie, voy a matarte.

-"Pero..."

-"Perfecto, aquí", saca su teléfono.

-"Saca tu teléfono y escribe tu número, y te enviaré la dirección del lugar".

Marie automáticamente toma su teléfono y anota mi número.

-"Perdona un segundo", levanto mi dedo índice y tomo a Marie, que está feliz en la vida para colaborar como mi hada madrina, "¿puedo saber qué demonios estás haciendo?" murmuro, tratando de quitarle el teléfono, pero ella es más rápida que yo y me detiene.

"¡Maldita sea, Mila! Esta es tu oportunidad de salir en una cita con un chico guapo y salir de tu burbuja de monja hormonal".

Estoy atónita; ella es increíble.

-"Aquí", me entrega su teléfono.

-"¡Genial! Te escribiré. Nos vemos", se despide y sale por la puerta del café.

-"Aaaaa", grita al mismo tiempo que me abraza, "¡estoy tan feliz, amiga!"

-"No creo que deba ir".

-"¡Escucha!" Me mira con seriedad, "un chico guapo te invitó a salir, así que..." me empuja a la mesa, "tú y tu trasero van a ir, y me aseguraré de ello. Te arreglaré; ya verás; estarás hermosa".

-"¿Cómo sé qué ponerme?"

-"Tan pronto como te envíe la dirección, sabremos el lugar y, según eso, te vestiremos".

No sé quién de las dos está más feliz de asistir a una cita, ella o yo. Miro por la ventana; la situación se escaló rápidamente para mí. En un momento, me estaba disculpando por tirarle mi bebida a su camisa, y en cuestión de segundos, me invitó a salir. Marie tiene razón; creo que este es el momento que he estado esperando para salir de mi burbuja.

CUATRO

Al acercarme al mostrador, la rubia bomba en tacones altos y un escote tentador me lanza una sonrisa pícara.

"Buenos días", ronronea.

"Buenos días. Vengo a ver al Sr. Renier".

"¿Te está esperando?"

"Sí, me llamo Field".

"Está libre. Toma asiento", susurra, derrochando encanto.

¿Vibraciones de coqueteo? Tal vez. Mi reloj dice que son las cinco.

"Enfría esos ánimos, Romeo. No llegues tarde a tu cita", se burla Nick desde el otro extremo.

"Deja de acaparar esas papas fritas", murmuro. Lo escucho atragantarse al otro lado.

"¿Cómo demonios sabes eso... Olvídalo".

"Sr. Field, Renier está listo para usted", informa la morena.

"Gracias".

La oficina, espaciosa con ventanas imponentes que muestran el bullicio urbano. Me dirijo con paso firme hacia el tipo elegante en un traje caro: el abogado del contratista petrolero. ¿Su trabajo? Barrer las pruebas de asesinato bajo la alfombra para los amigos adinerados con sed de poder.

"Sr. Field, ¿en qué puedo ayudarlo?" El tipo se recuesta detrás de su lujoso escritorio.

"Necesito ayuda, Renier".

"Oh, mi momento favorito", interviene Nick.

Golpeo un archivo sobre la mesa, exhibiendo las horripilantes fotos de los actos nefastos de su jefe. El bronceado de Renier se transforma en blanco fantasmal en un abrir y cerrar de ojos. Archivo cerrado, y sonrío con suficiencia.

"¡Lárgate!" él le espeta, irritado, agarrando el teléfono.

Saca el arma, apuntándole.

"No haría eso si fuera tú," advierto.

Él nota la línea desconectada.

"¿Qué demonios?"

"Siéntate," digo educadamente.

"¿Quién eres tú? ¿Para quién trabajas?"

"Sólo soy un ciudadano preocupado. Siéntate. No arruines mi buen humor de hoy. Estoy de muy buen humor," repito, mirándolo a los ojos. "Vamos, hombre, no seas aguafiestas."

Renier se sienta a regañadientes, tiene agallas. En otro estado de ánimo, el hombre ya estaría comiendo el pavimento.

Me levanto, me acerco.

"Espera, ¿qué estás haciendo?"

Con la mano en su cara, una cubierta firme, y presiono hacia abajo.

"Shhh shhh shhh," él se debate, en vano.

"Para seguir viviendo y expiar tus pecados, entrega todas las malditas pruebas del desastre que has cubierto. Dos opciones, amigo: juega al abogado del diablo, vive. De lo contrario..." empujo el arma contra su pecho.

"¡Maldito hijo de puta!" maldice, con la cara estrellada contra la mesa. Aullidos de dolor.

"Hasta las narices de gente como tú, pensando que el dinero limpia la suciedad que dejan atrás. Renier, ¡suelta!"

"¡El doble del dinero si chillas!" brama, sangrando.

"Bueno, parece justo," me burlo. Le disparo en el pie y grita. La secretaria rubia entra apresuradamente, alarmada. Una sonrisa y un destello del arma la detienen en seco.

"Llama a la policía, y tu jefe lo paga," advierto.

"¡Haz lo que dice!" ladra Renier.

La secretaria se retira, dando un portazo.

"Ahora, ¿dónde estábamos? Ah sí, Sr. Abogado, si puede envolver esto rápido, se lo agradecería. Tengo una cita y no tengo intención de llegar tarde."

"¡Dale los malditos papeles! No quieres ponerlo de mal humor", Nick grita ansiosamente, "tienes quince minutos antes de la llegada de la policía", me advierte.

-Veamos... qué será lo próximo...

-¡Sí, ahora! Te lo daré", levanta las manos.

Apoya el pulgar en el cajón superior de su escritorio, lo empuja a un lado y recoge los archivos.

-Buen chico- lo palmeo- ¿ves que es fácil?

Dejo el tema y voy directo al ascensor, paso por el escritorio de la chica, pero ella no está allí, entro en el ascensor y guardo mi arma.

"Encárgate de darle los papeles a mi hermana" digo a través del audífono.

-No te preocupes, disfruta de tu cita por mí.

MILA

En el paseo marítimo hay este lugar elegante, con mesas y sillas al aire libre, y todos los viernes por la noche una banda sube al escenario, serenando a la multitud. El lugar está lleno de parejas y familias disfrutando de un buen momento. Escaneo en busca de Colt, lo veo y levanta la mano. ¿Nervioso? Claro, pero al menos hay una multitud y él está vestido de manera casual pero elegante. La verdad le sienta bien.

"Hola", lo saludo.

"Hola Mila", extiende su mano.

Dudo, y él sonríe.

"No voy a morderte", dice burlonamente.

"Lo siento, estoy nerviosa", acepto su mano y él amablemente me ayuda a tomar asiento. La mesa está iluminada por una vela y algunas flores pequeñas.

"Espero que no sea por mí", me dice.

"No, es solo que... no suelo salir mucho", admito.

"Entiendo", hace un gesto a la camarera.

"Me gusta el lugar", digo mirando a mi alrededor.

"Sí, es tranquilo. Imagino que te gustará", dice, haciendo un gesto a la camarera que se acerca con el menú.

"Gracias", le digo a la chica y miro el menú.

"¿Qué quieres tomar?", me pregunta Colt. "¿Vino?"

"Suena bien".

"¿Tinto o blanco?"

"Blanco dulce".

"Te gusta lo dulce", murmura. No entendí a qué se refería con eso.

Ordenamos la comida, el vino es exquisito y delicado para mi paladar. Ni siquiera podría soñar con poder permitirme algo así.

"¿Qué están haciendo tus padres?", me pregunta de repente.

Y ya quiero encontrar un agujero y esconderme, sin volver a salir. ¿En serio me preguntó eso? Pudo haber preguntado cualquier otra cosa, pero no, tuvo que ir ahí. Marie me estaría dando un duro momento.

"Mis padres murieron en un accidente cuando yo tenía doce años, y mi hermana tenía alrededor de diez".

"Mierda".

"Me siento tonta. No debería haberte preguntado eso. Lo siento", digo con tristeza.

"¿Siempre te disculpas por todo?", pregunta, masticando su carne.

Me río, sonrojándome, deseando que desaparezca.

"En realidad, suelo hacerlo la mayor parte del tiempo".

"¿Por qué lo haces?"

Vaya pregunta...

"Bueno, yo... creo que debe ser porque realmente lo siento cuando cometo un error, supongo. Me acostumbré a ello".

"Es bueno cometer errores. Si no los cometieras, la vida sería aburrida. Serías como un robot, no un ser humano. Cometer errores no te hace perfecto; te hace humano".

Vaya, resulta que soy una filósofa.

"¿Qué?", dice, pero se ríe.

Esa sonrisa. Más de una chica debe haberse enamorado de esa sonrisa natural y seductora.

"Nada", lo descarto y tomo otro sorbo de mi copa.

"¿Y tus padres?"

"Mi padre es matemático, enseña en la universidad. Mi madre es detective en una unidad anticrimen.

"Impresionante, raro, pero impresionante."

"Sí, lo sé. Mi madre le pidió ayuda a mi padre en un caso cuando él era solo un policía, y desde entonces, han estado juntos."

Las luces del lugar se atenuaron de repente, solo las velas de las mesas lo iluminaban. La banda comienza con los acordes de una canción de los Rolling Stones.

La mano de Colt se extiende ante mí, y lo miro.

"¿Quieres bailar?", dice casualmente.

El contacto me envía escalofríos. Toma mis manos y las lleva a su cuello. Dios mío, estoy temblando. Primer baile con un casi desconocido, y resulta ser mágico.

"Mila", susurra mi nombre, una melodía baja y delicada.

Lo miro, nuestras miradas se cruzan, y mi respiración se entrecorta.

"No tengas miedo", me tranquiliza con una sonrisa pícara.

Me hace girar, ahora con las manos firmemente alrededor de mi cintura, acercándome más. Parece que estoy atrapada en una película romántica. Nos balanceamos al ritmo de la banda, y luego lo sorprendo tarareando la canción. Levanto una ceja.

"¿Estás tarareando la canción?", pregunto, sorprendida.

"Normalmente", responde, riendo.

Me uno a él, y su boca se acerca a la mía. Dios, ¡me va a besar! Su pulgar roza mi labio. Inconscientemente, separo mis labios. ¿En serio, en una primera cita? Cuando estoy convencida de que está a punto de sellar el trato, me da un suave beso en la mejilla. El aire que he estado reteniendo se escapa. La música termina, las luces se encienden y las parejas aplauden. Nos miramos tontamente. Él coloca un mechón de mi cabello detrás de mi oreja. Minutos después, caminamos tranquilamente por el paseo marítimo.

"¿No tienes miedo de vivir allí?"

"¿Eso? No, para nada. Estoy acostumbrada. Además, mi salario no me alcanzaría en ningún otro lugar."

"Ya veo. Chica independiente, sin depender de los padres para el dinero."

"Exactamente", me río. "No es que no me lo ofrecerían. Mi madre me hace preguntas sobre el dinero en cada llamada telefónica."

"Supongo que eso es cosa de padres normales", dice, con las manos en los bolsillos.

"¿Y tú? ¿Qué es lo que te mantiene en marcha?"

"Bueno, yo... Soy un asesino a sueldo contratado por el gobierno. Cuando no pueden o no quieren ensuciarse las manos, yo intervengo, en silencio".

Me detengo. Atónita. Está hablando en serio, y luego estalla en carcajadas.

"Maldita sea", murmuro.

Él sigue riendo.

"¡Lo siento! Tu cara era impagable".

"¡En serio!", finalmente me río.

"Soy un contratista independiente".

"Está bien, eso suena más creíble".

"No hay problema".

Nos reímos un rato. Miro la hora; es más de las doce.

"Creo que debería irme. Tengo que visitar la casa de mis padres mañana".

"Seguro, déjame llevarte, ¿sí?"

"Bueno."

Él estaciona en la acera. Me desabrocho.

"Mila, promete que tendremos otra cita", dice de repente.

"¿Eso?"

Me pilla por sorpresa.

"Quiero otra cita contigo", repite.

Lo pienso. ¿Por qué no? Suena bien después de todo.

"Está bien", acepto.

Su rostro se ilumina como el de un niño.

"Te llamaré", dice, satisfecho.

"Claro, buenas noches."

"Buenas noches, Mila", responde.

Nos miramos a los ojos.

"Será mejor que me vaya", digo con torpeza.

"Adiós."

"Adiós."

Desciendo y cruzo el edificio. Tres tipos en la puerta, cerveza en mano.

"Oye, preciosa, únete a nosotros para tomar una copa", dice uno, bloqueándome el paso.

Justo lo que necesitaba.

"No, gracias. Por favor, quiero entrar", insisto.

"Vamos, cariño, solo una copa", presiona otro.

"¡Les dije que no!" levanto la voz.

"Déjenla en paz", interviene el tercero. "La gatita no quiere jugar."

Se hace a un lado, y empujo la puerta para entrar.

"Adiós, mi amor."

Los tipos se ríen mientras subo corriendo las escaleras, entro en mi apartamento y me dejo caer en la cama, sonriendo como una adolescente feliz.

Los tres hombres siguen burlándose de la chica a la que acaban de intimidar cuando, de la nada, uno de ellos se desploma hacia atrás con una patada.

"¡¿Qué demonios?!" grita el primero, sujetándose la boca ensangrentada.

Colt agarra al segundo por el cuello, lo suelta y le propina dos bofetadas rápidas en la cara, seguidas de dos puñetazos en el pecho.

"¿De dónde has salido?

Colt presiona la cara del tercero contra el cristal de la entrada con la palma de la mano.

"Suelta-me", dice el tipo, con la cara pegada a la puerta.

"Mañana, cuando estés sobrio, te disculparás con mi chica."

"¿De qué estás hablando, amigo?"

Otro empujón de la cara contra el cristal.

"¡La estúpida chica! ¡La que tú y tus amigos estaban molestando es mía! Mañana, te vas a disculpar con ella, ¿entendido?"

"¡Maldito hijo de puta! ¡Maldito seas!"

Colt le agarra el dedo, se lo rompe, y el hombre grita de dolor.

"Perdona, no te he oído. ¿Qué has dicho?" Colt se lleva una mano al oído.

"¡QUÉ SI! ¡QUÉ SI VIEJO!"

"Buen chico", lo suelta del cristal, le da una bofetada en la cara. "Ahora escucha bien", advierte. "Si me entero de que tú o cualquiera de tus amigos borrachos la molestan de nuevo, estarás rezando a Dios o al diablo para que no te ponga las manos encima. ¿Entendido?"

El hombre asiente frenéticamente.

Colt lo suelta, y él se desploma al suelo. Colt se sube a su coche y se aleja.

CINCO

MILA

Mi alma casi se desplomó hasta mis pies. El mismo idiota que había alborotado mis plumas la noche anterior ahora está frente a mí, con la cara llena de moretones y un corte en la barbilla.

"Señorita, vengo en son de paz", aclara.

Me quedo sin palabras.

"¿Qué quiere?"

"Vengo a disculparme con usted. Fue muy impropio de mi parte. Estaba borracho, no sabía lo que hacía.

Miro a ambos lados, como si buscara una cámara oculta. Pero no, ¿de verdad se está disculpando conmigo?

"Yo... está bien, acepto sus disculpas y... tengo que irme. Buena suerte", respondo, ansiosa por salir corriendo.

No puedo creerlo, aunque estoy bastante segura de que alguien le dio lo que se merecía.

COLT

Me muerdo los labios. La vieja casa de mis padres. No me gusta mucho el lugar; por eso no vivo aquí y mi hermana sí. Prácticamente se la entregué cuando ambos teníamos la edad suficiente. Aunque ahora está restaurada, uso mi llave y abro la puerta. Al escanear la sala de estar, ella no está allí. Camino por el pasillo y encuentro a Victoria de espaldas a mí, preparando una taza de té. Me apoyo en el marco y la observo en silencio. A veces, creo que se parece mucho a nuestra madre. Nick me llamó esta mañana para verla porque parece que tuvo un encuentro con su ex y ella no parecía estar bien. Victoria se da la vuelta y se sobresalta, soltando la taza que se hace añicos en el piso.

"¡Maldita sea, Colt!" Está molesta, y eso no me gusta.

"Vengo a verte y lo primero que hago es asustarte".

Sus ojos están hinchados de tanto llorar. Le levanto la barbilla y veo un bulto en su mejilla, cerca del pómulo.

"Déjame", ofrezco, pero ella aparta mi mano, aún recogiendo los pedazos.

"¡Maldito hijo de puta! Cuando termine con él, no quedará rastro de su existencia".

"Deja eso, Colt. No vale la pena", suplica.

"¡Mierda, Victoria!" Levanto la voz enojado.

"Mi abogado está solicitando una orden de restricción y una demanda. Esta vez, la cagó hasta el fondo. Colt, mírame", pide, y le obedezco mientras tira los restos a la basura. "Deja que la ley se encargue de él".

"Me conoces lo suficiente. ¿De verdad crees que voy a dejarlo ir?" Espeto.

"Colt, por favor, te lo pido, por mí". Mi hermana se acerca a mí y me da un abrazo. "Por favor".

"Maldita sea, Victoria, está bien. Lo haré", miento.

La ética moral de mi hermano mayor me impide dejar que un maldito bastardo que está involucrado con mi hermana se salga con la suya.

"Gracias. Ahora", hace una pausa para secarse las lágrimas, "¿cómo estuvo tu cita?"

"No mucho, pero salió bien", digo sin elaborar.

Odio explicar.

"¿Eso es todo? ¿Nada más?"

"Es perfecto para mí, ¿de acuerdo?"

Su rostro refleja felicidad.

"¿Hay una próxima vez?"

"No sé, tal vez", respondo.

"Me alegro por ti, hermanito".

"Gracias, y si me disculpas..." Camino hacia la puerta, le doy un beso en la frente. "Vendré a saludarla por su trabajo. Si me necesitas, llámame".

"¡Lo haré!"

Me subo al coche, agarro el volante con fuerza, cambiando de marcha con saña.

"Hola. Responde".

"Necesito un favor", digo, rascándome la cicatriz.

"Dime".

"Necesito la ubicación del ex de mi hermana, y lo quiero ahora", ordeno enfáticamente.

"Entonces, ¿cómo está ella?"

"Bien, pero tu ex no lo estará tanto cuando lo vea".

"Infeliz", murmura del otro lado. "Dame cinco minutos", y cuelga.

Enciendo el motor y me dirijo al centro. Diez minutos después, Nick me llama de vuelta.

"Se supone que el objetivo está en su oficina en este momento, edificio Blemont".

"Sé dónde está", respondo, pisando el acelerador.

"Puedo congelar tus cuentas si quieres".

"No, me encargaré de él".

"Está bien, avísame si necesitas algo. ¿Y Colt?"

"Dime".

"Dale una buena paliza a ese bastardo".

Mila

"Estoy a punto de desmayarme", Marie se sorprende al escuchar sobre mi cita. "Es perfecto para ti, amiga".

"No sé si es perfecto, pero parece ser un buen hombre", le digo mientras limpio el piso del vestuario de la sala de ejercicios.

"Paso a paso, querida. Dime que se volverán a ver".

"Asiento".

"¡Aaaaa!"

"Shhh", me río. "Detente".

"¿Sabes lo que necesitas?", dice, juntando los dedos como si estuviera tramando algo.

"¿Eso?"

"Ropa interior sexy".

Me río.

"¡No!"

"Sí, mírame". Presto atención; ya estoy roja como un tomate. "Escúchame bien, chica. La ropa interior de una mujer habla por sí misma. Los hombres comen con los ojos; tienes que estar preparada. Nunca se sabe". Hace gestos con las manos. "Esta tarde iremos de compras".

"¡Oh no!"

"Oh sí, Mila, es en serio. Necesitas un cambio urgente de ropa interior. Mira". Se acerca a mí y me pone las manos en las caderas. "Si yo fuera un hombre y te viera con esa ropa con estampados, te juro que la libido se iría al suelo en dos segundos".

Estoy atónita. Me duele decirlo, pero tiene razón.

"Está bien, tú ganas".

"¡Perfecto! Necesitamos un poco de encaje, algo que atraiga con los ojos, que seduzca, y cuando quieras quitarte la ropa, ¡dirá: 'Cómeme!'" Ella expresa mientras posa en un movimiento exagerado.

Me muero de risa. Mi amiga sabe cómo convencer.

COLT

Espero pacientemente a que el imbécil de Owen se acerque a su coche. Mientras tanto, imagino mil y una formas de matarlo en mi mente. Mi presa se acerca; me pongo en alerta. Ahí está, quitando la alarma de su coche. Sube, y me acerco rápidamente. En un solo movimiento, entro en el asiento del pasajero.

"¿Qué demonios?"

Ni siquiera le di tiempo a pensar. Le agarro la cabeza y la estrello contra el volante, Owen gritando por su nariz sangrante.

"¡Maldito hijo de puta!" me dice.

"Es lo menos que se merece una basura como tú."

"¡Voy a denunciarte!"

¿Ah, sí? De nuevo, estrello su cara contra el volante, y un grito se escapa de su garganta.

"¿Dijiste algo? Lo siento, no te escuché", digo con burla.

"¡Maldito loco!"

"Mírame." Le señalo, agarrándole la cara ensangrentada, pero él intenta luchar conmigo inútilmente. Le palmeo la cara. "¡Mírame! Para acercarte a ella, ¿entiendes?"

Asiente desesperadamente, y puedo oler el miedo en él.

"Mucho mejor." Lo suelto y salgo del coche. "No quiero saber que la has molestado de nuevo." Le advierto por última vez.

MILA

Me dejo caer exhausta en mi cama. Al menos la tarde fue fructífera. Salimos del trabajo y fuimos a la tienda con Marie. Bueno, al menos tengo que prepararme para mis próximas citas. Miro el cajón con mi ropa interior que suelo usar, y me quedo en shock. Según Marie, ¿en qué estaba pensando cuando me puse esa ropa en mi primera cita?

Doy gracias a Dios de no haber terminado teniendo sexo con él; me habría muerto de vergüenza. Suena el timbre de mi puerta; miro la hora, son las 8:20 pm. ¡Mierda! Corro a abrir; Colt, como siempre, está impecablemente vestido a la moda.

"Hola", me saluda.

"Ho-hola, tranquilo, tonto. Pasa; estaré lista en un minuto."

Entra, y no sé por qué, pero de repente siento que mi apartamento se está volviendo pequeño.

"Acabo de terminar con mi maquillaje y listo."

"No te preocupes", me asegura.

Retoco mi lápiz labial, mi perfume, última mirada en el espejo. Estoy bien vestida, todo en su lugar y mi ropa interior es nueva... ¡oh, diablos! Como una mujer poseída, corro a la sala de estar donde olvidé que había dejado el resto de los atuendos sobre la mesa. Quiero morir. Colt está mirando mis nuevos atuendos con una cara graciosa. Corro aterrorizada.

"Esto no formaba parte del plan", digo, gesticulando con el dedo. Simplemente levanta una ceja. Tomo los atuendos y corro a mi habitación; los tiro sobre mi cama. Quiero morir; quiero que un camión me pase por encima. Con ambas manos, me golpeo las mejillas. ¿Qué hiciste? ¡Ahora, pensará que quieres llevarlo a la cama! Respiro y cuento hasta tres; salgo y lo enfrento.

"Estoy lista".

"Está bien".

"Y por favor no digas nada sobre lo que viste", le pido.

"Te lo prometo", cruza los dedos frente a mí. Puedo ver por el rabillo del ojo que se está riendo cuando estamos saliendo.

Él abre la puerta del coche para mí; entro; veo que por sus caras, se muere por decirlo. Maldita sea, no lo digas; arranca el coche.

"Si quieres saber, me gusta el de encaje", finalmente lo suelta.

"Aaaaayyyy diablos", le doy una palmada en el brazo.

Él se ríe.

COLT

UN MES DESPUÉS...

"¿Eres virgen?"

Pongo los ojos en blanco; mi hermana, sin la más mínima idea sobre Mila, ya quiere planificar mi noche de bodas.

"¿En serio me estás preguntando eso?"

"No puedo creer que hayas estado saliendo con la chica durante todo un mes y nada", Victoria suelta lo que tiene en mente, especialmente cuando se trata de mi vida privada.

"No es tu problema", le espeto.

"Está bien, está bien. ¿Por qué no la invitas a cenar a mi casa? Quiero conocer a la mujer que es lo suficientemente loca como para salir con mi hermanito", dice dulcemente.

Me quedo en silencio.

"¿Por qué no?"

"Porque ella no sabe nada de lo que hago, Victoria. No quiero arruinarlo".

"Oh, por Dios", exclama con la boca abierta.

"¿Qué? ¡No puedo creerlo! ¡Estás enamorado de ella!"

Golpeo los cubiertos; odio cuando tocan la fibra sensible.

"Diablos, es en serio", dice, observando mi expresión invariable. La respuesta que buscaba, suelta el tenedor y se recuesta en la silla. "¿Qué le dijiste sobre ti?"

"Que soy un contratista independiente, eso es todo, y que normalmente viajo y todo eso".

"Bueno, al menos así sabré dónde me encuentro en tu fachada", dice, acomodándose en su lugar. "¿Y yo? ¿Qué le dijiste sobre mí?"

"Que trabajas como abogada corporativa".

"Bueno, Colt", lo miro, "¿le dijiste sobre tu accidente?"

"No, pero en algún momento, se dará cuenta cuando mi mano empiece a temblar frente a ella. Por ahora, eso no ha sucedido".

"Respetaré lo que digas".

"Gracias, y ahora", levanto la copa de vino, "brindemos por tu recién estrenada soltería".

"Amén a eso, hermanito", chocamos nuestras copas, "al menos dime que la besaste".

"No empieces", nos reímos los dos.

"Lo siento, Colt..."

El sonido del disparo me despierta; ya es de día. Tomo mi teléfono a las 11:30 a.m.; hay un mensaje de Mila.

"¿Cena en mi casa?"

"Claro, ¿cocinarás tú?"

Enviar.

"Sí, no te burles de ello. Será la primera vez que cocine para alguien más que yo misma".

"Entonces más razón tengo para ir. Nos vemos esta noche".

Enviar.

Me froto los ojos, encontrando cada vez más difícil no desear a Mila. Las veces que la he tenido cerca, tuve que hacer un gran esfuerzo para controlarme y no devorarla en ese momento. No quiero que se aleje de mí; la quiero solo para mí. Pero creo que es hora de dar esos pasos. Ella me fascina genuinamente como nadie más.

Me preparo una taza de café, escucho el sonido de las llaves en mi puerta y mi hermana entra con su aire típico de agente.

"Buenos días", me saluda, y le entrego la taza de café.

"Buenos días", le respondo en tono seco.

Entrecierra los ojos.

"Veo que no estás de humor".

"Tuve una pesadilla, eso es todo", respondo, agarrando el jugo exprimido.

"¿Qué era?"

"Nada. Es solo la maldita pesadilla de cuando me dispararon, eso es todo".

"Mmm", se baja del banco y saca del bolso un sobre de papel madera.

"¿Una asignación?"

"Es más que eso. Creo que deberías verlo".

Sospecho que el contenido no me va a agradar. Abro el sobre, tomo una foto, gafas de sol y traigo a Mike Brown, mi ex colega y el tipo que me disparó.

"Lo vieron hace unos días en Viena. Parece que estaba trabajando. Busqué información y resulta que el mismo día, muere un importante senador en un accidente de coche. Estoy segura de que fue él quien lo hizo".

"Lo más probable", dejo a un lado el sobre, "¿quién lo envió?"

"Inteligencia. Resulta que acaba de entrar en la lista de los más buscados. La seguridad nacional va detrás de él".

"Buena suerte con eso".

No entiendo por qué se muestra; normalmente, no es tan descuidado...

"Quiero que tengas cuidado", me mira preocupada.

Le doy una sonrisa.

"Siempre lo tengo".

Tomo un sorbo de mi café; ¿está regresando mi karma? Si es así, será mi oportunidad de cobrar lo que me debe. Primero, el sueño, y ahora esto. Creo que empezaré a creer en las coincidencias.

SEIS

Arrastro el lamentable cuerpo del tipo a través de la cocina. Los patéticos intentos de resistencia son inútiles. ¿Luchar? Bueno, ese barco ya zarpó. Sacando dos cuchillos del cajón, los hago girar en el aire con estilo. Intenta gritar, pero con esa cinta en la boca, no es más que una sinfónica sinfonía de desesperación.

"¿Te dedicas a vender mujeres, Colt?"

"Mmmm", su patética respuesta amortiguada.

La desesperación en los ojos de este tipo es casi cómica. "Intenta escapar", susurra Nick en mi auricular.

"No puedes ir muy lejos, Colt", lo provoco mientras me acerco a él. Está arrastrándose por el suelo, arañando un intento fútil de supervivencia.

Hace un débil intento de aferrarse a la pata de una silla. Le agarro la mano, la pongo en el suelo y le clavo el primer cuchillo en la palma de la mano izquierda. Quiere gritar, pero el gag en su boca ahoga su lamentable grito.

"Hombre, disfrutas de este tipo de trabajo", comenta Nick.

"No tienes idea de cuánto lo disfruto, especialmente cuando..." Clavo el cuchillo en su otra mano, y otro suspiro se le escapa.

"Después de esto, no se apresurará a volver a su trabajo de 9 a 5", comento, dándole unas palmaditas en la mejilla. "No, probablemente solicitará una baja por enfermedad prolongada. ¡Ups, mira! Qué lindo, se desmayó". Compruebo su pulso. "Listo, avisa a la policía".

"Enseguida".

Cerrando la puerta, me quito los guantes, mirando la hora: 22:15.

"¡Maldición!" Golpeo el teclado del ascensor, maldiciendo entre dientes. "Mierda, mierda, mierda".

"¿Qué es el alboroto?"

"Olvida la cena con Mila". Pateo la pared del ascensor y cuando se abren las puertas, corro hacia el coche.

"Diablos, ¿dejaste plantada a la chica que te gusta? ¿En serio? La próxima vez, avísame y te refrescaré la memoria".

Enciendo el motor, marcando su número directamente. Suena y suena.

"Mierda, no contesta".

"Supongo que un ramo de rosas no arreglará esto", interviene Nick.

"Hazme un favor, encárgate de todo".

"Copiado".

La llamo unas diez veces, sin respuesta. Maldita sea.

"Contesta, cariño, por favor".

"¿Hola?" Su voz, amortiguada.

"Mila, lo siento, un problema de último minuto en el trabajo..." Busco una excusa.

"No te preocupes", responde con un deje de tristeza.

¿Está llorando?

"Mila, voy de camino, ¿de acuerdo?"

"No hace falta, me iré a la cama. Nos vemos".

"¿Mila?"

Ella cuelga. Maldita sea. No solo la molesté, sino que estoy seguro de que la hice llorar. Golpeo el volante, sintiéndome como una basura.

Cruzo la calle, subo corriendo las escaleras hasta su lugar. Llamo a la puerta, el corazón me late con fuerza. Vuelvo a llamar. El pomo de la puerta se gira y Mila, con la mano en la boca, parece sorprendida de verme. Entro, cerrando la puerta detrás de mí. Compartimos un momento de silencio. Está en top y shorts, esas piernas perfectas. Dios, me pierdo en esas piernas.

"¿Cuál es tu juego aquí?" Ella mira hacia abajo, notando dónde se ha posado mi mirada. "Iré a ponerme algo de ropa." Corre a su habitación y la sigo.

La agarro de la cintura por detrás, entierro mi rostro en la nuca de su cuello. Ella coloca sus manos sobre las mías. Vainilla, mi aroma favorito desde que la conocí.

"A... Colt, ¿qué estás haciendo?" Noto que su cuerpo se arquea hacia atrás mientras la beso; un leve gemido escapa de su garganta.

"Te quiero, nena. Te quiero solo para mí," digo, con una mano en su vientre. "Perdóname por llegar tarde."

"Yo..." Ella traga saliva.

Mi mano acaricia la curva de su cintura, llegando a la parte inferior de su muslo. Con cuidado, le quito los shorts, apartándolos a un lado. Acaricio su cuello y lo muerdo suavemente. Su trasero se aprieta aún más contra mi dureza; es doloroso, muero por estar dentro de ella.

La hago girar y ahora está frente a mí; ella se muerde el labio. La beso; quiero que sienta lo que siento por ella. La agarro por la cintura y la llevo a la cama; me posiciono entre sus piernas. Dejando que mis manos le quiten el sujetador, beso, lamo y succiono cada uno de sus pezones; ella se retuerce debajo de mí.

"Colt, por favor," dice, frotándose contra mi dureza.

"Tus deseos son órdenes, nena." Me quito los vaqueros y la camisa.

Sus manos acarician mi torso, luego mis brazos. Posiciono su cuerpo debajo del mío y la penetro lenta y suavemente. Veo que acerca su cuerpo más al mío, y la detengo.

"Mila, ten cuidado," le advierto mientras la beso. "Puedes hacerte daño." Acaricio su rostro; me gustas demasiado, nena.

Ella es mi condenación, mi droga y mi alma. Ahora me pierdo.

Mila

Está profundamente dormido boca abajo. Miro su espalda, notando pequeños lunares aquí y allá. Le beso suavemente el omóplato; no se mueve. Bueno, algo llamó mi atención: una cicatriz a la altura de su cuello. Apenas visible con su cabello cubriéndola, pero se nota al tacto. Sigo la línea; no es larga, pero un poco profunda. Sin darme cuenta, Colt toma mi mano y me sobresalto. Se da la vuelta, atrayéndome a su cuerpo, dándome un beso en la frente.

Lo siento, no quería despertarte.

"No importa". Me besa en los labios. Creo que estoy empezando a gustarme su forma de besar, fuerte pero dominante.

Pongo una mano en su cicatriz y la acaricio.

"¿Por qué la cicatriz?" Pregunto, íntimamente.

"Tuve un accidente".

"¿Cómo?"

Sacude la cabeza.

"No sé, no recuerdo. Sólo desperté dos semanas después de estar en coma, y mi hermana estaba allí".

"¿No recuerdas nada?"

"No recuerdo el accidente; antes de eso, recuerdo todo. Victoria dice que tuve un accidente de coche".

"¡Dios mío!" Sólo el pensamiento de lo mal que pudo haber sido para que tuviera esa cicatriz me duele.

Le tomo la cara con las manos, besándolo. Me gusta su sabor, una mezcla de perdición y oscuridad. Llevo una pierna a su cadera y me froto contra él; lo oigo gruñir. Me gusta. Inmediatamente noto cómo se endurece contra mí.

"Hermosa, te juro que si te quedas así, voy a disfrutarte todo el día".

"Entonces hazlo", confieso en un susurro.

Me río, dejándome llevar por lo que siente mi corazón. Aunque una parte de mí grita que hay más en él de lo que parece.

SIETE

El detective levanta la mirada directamente al lugar donde se desató el caos. Una última calada a su cigarrillo, arrojado al suelo con un gesto, mientras la policía asiente al pasar. Subiendo las escaleras, se dirige al tercer piso y entra en la escena del crimen. Los forenses y los CSI todavía zumban como hormigas. Su compañero le hace una señal al llegar.

"Bonita manera de empezar el día, ¿eh?"

"No lo menciones. ¿Qué tenemos?"

"Nuestro más buscado encantador, Colt James. Esperábamos atraparlo, pero alguien jugó sucio antes que nosotros".

El detective Jester deambula alrededor del cuerpo. Es la primera vez que se tropieza con un espectáculo como este en su carrera. Recientemente ascendido a la unidad, contempla la escena. El cuerpo, boca arriba, las palmas empaladas con un cuchillo en cada mano, y un agujero de bala justo entre los ojos.

"Las piernas están rotas", observa el detective, agachándose para inspeccionar de cerca el cuerpo.

"Si me preguntas, el tipo sabía quién era. Huele más a un acto de venganza".

"Podría ser, pero algo no cuadra. ¿Hay rastros?"

"Lo raro es que el lugar está impecable".

Jester le lanza una mirada a su compañero.

"¿Nada? ¿Ni siquiera en los mangos del cuchillo?" Se endereza.

"Nada hasta ahora. Las pruebas preliminares dirán más".

Sigue una contemplación silenciosa; algo simplemente no le encaja a Jester.

"¿Qué te está comiendo?" Pregunta su compañero, perplejo.

"No sé... Tengo un mal presentimiento sobre esto."

"Odio cuando tienes esos sentimientos."

Se dirige hacia la puerta.

"¿Jester, a dónde vas?"

"Vamos, me dirijo a la sede. Tengo que despejar mi mente."

COLT

El aroma del café me despierta. Muerta de hambre, me dirijo a la cocina, fascinada al encontrar a Mila moviéndose, preparando el desayuno. Apoyada en el marco de la puerta, lleva mi camisa, demasiado grande y que le llega hasta los muslos. ¿Por qué a las mujeres les parece sexy ponerse la camisa de su hombre?

Acercándome por detrás, le agarro la cintura, tomándola por sorpresa. Presionando mi pelvis contra ella, le beso la nuca.

"Esperando que hayas aceptado mi disculpa de anoche", digo, mordiéndole el hombro.

Se da la vuelta, con los brazos envueltos alrededor de mi cuello. Diablos, ella es mi salvación y me está volviendo loco.

"Diría que te has ganado un pase", dice, sonriendo.

"Entonces supongo que lo haré una cosa regular". La levanto sobre el frío mármol.

Sus manos se enredan en mi cabello, y de nuevo, está acariciando mi cicatriz. Creo que se está acostumbrando a ella. Mordiéndole los lados, se ríe, un sonido delicioso para mis oídos. Le hago cosquillas, encontrando su punto débil.

"¡Deja de hacer eso!" dice, con una risa sonando.

"Me estás volviendo loco".

"Creo que tú lo estás", responde riendo. "Desayunemos; tengo que ir a trabajar". Salta del mostrador y me besa debajo de la barbilla.

"Te llevo", digo, agarrando la taza de café.

"¿No tienes que ir a trabajar?"

Me detengo en seco. Maldita sea, lo olvidé. Mi trabajo no sigue horarios o días regulares. Es el beneficio de hacer lo que hago. Colt piensa sobre la marcha.

"Tengo que visitar un trabajo. Un cliente está recibiendo piezas personalizadas en su lugar. Necesito ver qué quiere agregar".

"Ah, por cierto, tu teléfono ha estado sonando", me informa.

El beso en la mejilla y cojo mi teléfono.

"Voy a ducharme".

"Claro".

Mirando la pantalla, encuentro varias llamadas perdidas de mi hermana y un mensaje del Dr. Allen. Mierda, lo olvidé por completo: mi cita con el psicólogo de la agencia. Es después de las nueve. Tendré que pasar por su oficina para arreglar eso. Llamo a mi hermana.

"¿Colt? ¿Estás bien?"

Siempre olvido que se preocupa el doble desde mi accidente.

"Estoy bien, hermanita. Sólo estoy ocupado", digo, mirando la puerta del baño, sabiendo que mi chica se está duchando detrás.

"¿Ocupado?" Su tono me hace pensar que ya tiene una vaga idea de dónde puedo estar.

"Ocupado, Victoria". Pongo los ojos en blanco.

"El Dr. Allen me llamó y dijo que no fuiste a la cita".

"Lo sé. Pasaré por tu oficina más tarde. Tengo que irme ahora".

"Nos vemos, hermanito".

"Nos vemos". Termino la llamada.

Diez minutos después, Mila sale, vestida con su uniforme de hotel. Me acerco a ella, la abrazo y la beso.

"¿Listas para irnos?"

"Sí". Ella se suelta y agarra su bolso.

"Eres una joya".

"Mentiroso", se ríe.

Jester entra en su oficina, hojeando los papeles de su escritorio. Enterrado bajo otros casos, finalmente encuentra lo que está buscando. Un caso cerrado no hace mucho que resurge en su mente cuando ve el cuerpo sin vida de Colt. Abre la carpeta, revelando el nombre de Arthur Bancroft. Encontrado muerto junto a sus guardaespaldas en la piscina del hotel Medley. Cada cuerpo mostraba signos de lucha y un tiro limpio en la frente.

"Hijo de puta", murmura, dándose cuenta de que ambos casos están conectados.

Su compañero llama y entra.

"Mira". Le entrega las fotos, Kasey frunce el ceño. "Mismo disparo en todos los cuerpos".

"Sí, te dije que algo no encajaba. Arthur Bancroft trabajaba para la mafia, les proporcionaba recursos. Corre el rumor de que tenía una lista con los nombres de los clientes. Dos días después, se filtra la lista y lo detienen".

"Vaya, vaya".

"El mismo tipo es el asesino de Colt. Mismo modus operandi, diferente estilo. Pero lo que lo delata es el disparo en la frente".

"Es un maldito sicario". Jester asiente, se levanta y agarra su chaqueta.

"¿A dónde?"

"Hotel Medley. Tenemos que comprobar lo que se perdieron los investigadores".

MILA

El trabajo se está convirtiendo en un circo hoy. Es la temporada alta del hotel, entran más huéspedes. Marie recoge toallas y se dirige a la lavandería. A mí me toca limpiar los vestuarios. Mi mente a menudo se desvía hacia el encuentro de anoche con Colt. He estado flotando en las nubes todo el día...

"¿Disculpe?"

"¡Ray!"

Sobresaltada, retrocedo, pero el extraño me sujeta la mano y me atrae hacia él. Me mira, divertido, y me aparto rápidamente.

"Disculpe".

"No, debería ser yo quien se disculpe, señorita. No quería asustarte".

"Está bien, no te preocupes, y gracias por evitar mi caída".

Sonríe. "¿Eres Mila García?" pregunta.

¿Cómo sabe mi nombre? Ah, claro, la insignia. Qué tonta soy.

"Sí, soy yo. ¿Y tú eres?" pregunto, algo confundida.

"Soy el detective Jester Harding". Extiende la mano. "Mi supervisor me permitió hacerte algunas preguntas".

¿Un detective?

"Sí, ¿qué quieres saber?"

"Se trata del asesinato que ocurrió hace un mes".

"Recuerdo, uno de los huéspedes y otros dos fueron encontrados aquí en la piscina".

"Está bien, ¿podría decirme si hay un registro de quién usó la piscina ese día?"

"Por supuesto, acompáñame."

El detective Harding irradia inteligencia. Si mi amiga lo viera, probablemente estaría babeando por él. Alto, con una barba de tres días y vestido con botas y vaqueros, no está nada mal. Noto que me sigue hasta la oficina de admisión.

"Hola, Elsa," saludo a la mujer de cuarenta años que se encarga de la parte administrativa de esta área.

"Hola, Mila. ¿Cómo estuvo tu día?"

"Ocupado, ya sabes. Es la temporada."

"Ni lo digas."

"Elsa, ¿podrías darme el registro de hace un mes de la entrada a la piscina?"

"Por supuesto, ¿para qué lo necesitas?"

"El detective Harding está investigando la muerte que ocurrió el mes pasado."

"Oh, si tu compañero me estaba haciendo preguntas hace un momento," él se desliza en su silla, va a la impresora y toma el papel con el registro. "Aquí."

"Gracias, detective." Le entrego la hoja. "Es una copia de los ingresos del mes pasado; puedes quedártela."

"Genial, lo aprecio. ¿Necesitas algo más?" Pregunto.

"Sí, ¿podrías decirme si recuerdas algo de ese día que te haya llamado la atención?"

Recuerdo, pero nada que parezca relevante.

"Mmm, no, lo siento. Ese día el huésped solicitó la piscina para él solo."

"¿Pueden hacer eso?"

"Sí, normalmente cuando los huéspedes vienen a alojarse en el hotel, pueden contratar el servicio de la piscina para uso privado. Hay quienes prefieren que no haya nadie mirando o molestando. Cuando eso sucede, el huésped debe verificar el día y la hora disponible para uso personal."

"Bien, anota lo que te estoy diciendo. ¿Quién puede tener acceso al registro además de la señora de la entrada?"

"Bueno, el personal a cargo de la piscina según el turno y el supervisor. Además de la admisión, quien se encarga de registrar a los huéspedes."

"Está bien, gracias por tu tiempo, Mila."

En cuestión de unos minutos, el detective ya no es formal, sino que me llama por mi nombre.

"No, cuando quieras, detective..."

"Llámame Jester, por favor, Mila," pide.

¿Qué está pasando aquí?

"Creo que volveré a este lugar si necesito conectar los puntos."

"Por supuesto, cuando quieras."

Me despido, y él hace lo mismo, un momento extraño si los hay.

Jester estaba curioso por Mila. Al subir al auto, su compañero lo miraba de manera extraña.

"¿Eso?"

"Te vi."

"¿De qué estás hablando?" Arranca el motor y se dirigen a la comisaría.

"Por favor, sonríele a la chica de la piscina."

"No lo puedo creer."

"¡Vamos! Vi con mis propios ojos de detective y ahora mismo hueles a hormonas".

"¡Sí! La chica es bonita, ¿de acuerdo?"

"¿No le pediste su número?"

"¿Cómo crees que puedo hacer eso?"

"Eres un detective, tienes acceso a los registros de las personas, puedes ingresar sus datos y de inmediato encontrarás su nombre".

Jester frunce el ceño. Su amigo tenía razón; por supuesto que podía hacer eso, pero prefería preguntarle él mismo.

"Eso sería hacer un mal uso de los recursos policiales. Por supuesto que no haré eso".

"Cierto, olvidé que eras el Harding 'apegado al libro'", dice con sarcasmo.

"¿Qué encontraste?"

"No mucho. Cada invitado que usa la piscina debe registrarse primero para la admisión y luego firmar un formulario cuando entran para su uso. Se les da una tarjeta de entrada. Tendré que ir a la evidencia para ver entre las cosas que encontraron ese día", explica Kasey.

"Quienes estaban a cargo ese día no vieron a nadie. La chica a la que entrevisté me dijo que Colt solicitó el uso de la piscina de forma privada y unos pocos empleados tienen acceso al registro".

"Entonces, alguien le dio la información de que nuestro amigo iba a usar la piscina ahora", dice su compañero.

"Eso es correcto. Nuestro asesino es un profesional. Sabe lo que está haciendo".

"Sí, sin mencionar, pero sabes..." Saca una memoria USB de su bolsillo. "Podríamos encontrar algo". Hace un gesto con la cara. "Tengo las grabaciones de las cámaras de seguridad de ese día".

Jester hace una mueca.

"Supongo que tendremos una noche muy larga".

OCHO

Victoria sale del ascensor, marchando con confianza hacia la oficina del director. Toma una profunda respiración, ajusta su traje y da dos golpes firmes a la puerta.

"Adelante", retumba la voz profunda desde el interior.

El director de la agencia, un hombre de cincuenta años con un historial de movimientos eficientes en su carrera, está sentado en el escritorio, albergando una multitud de secretos que lo vuelven peligrosamente tranquilo.

"¿Puedo llamarlo señor?" Victoria se para frente a su jefe, lista para los negocios.

Él gira en su silla, colocando un archivo sobre el escritorio.

"Señorita Hunter, la he convocado porque esta mañana me enteré por la policía local que la unidad anticrimen está husmeando en el caso de Bancroft y Colt".

La boca de Victoria se contrae con irritación.

"Lo entiendo, señor, pero el equipo de limpieza se aseguró de que la escena del crimen quedara impecable".

"Estoy al tanto y tengo el informe aquí. Quiero que hables con tu hermano. Aconséjale que esté atento. Incluso si esos detectives no encuentran un hilo que lo conecte con nosotros, infórmale que permanezca vigilante. Uno de nuestros informantes en el hotel soltó la sopa: estaban interrogando a los empleados esta mañana".

"Entiendo. Transmitiré el mensaje, señor".

"Bien, porque no quiero perder a un activo valioso como él. Puedes retirarte, señorita Hunter".

"Sí, señor. Con su permiso".

COLT

Relajarse es un arte y lo he dominado. Pero a veces se necesita un poco de enfoque. Me extiendo en el frío cerámico, parcialmente desvestido, disfrutando del silencio. Cierro los ojos, dejando que mi mente divague por los recuerdos que he recopilado hasta ahora. Mi maldito teléfono vibra cerca. No estoy de humor, pero persiste, sonando de nuevo.

"¿Qué?" Respondo con un toque de irritación.

"Uff, ¿estás de mal humor?"

Mi hermana. Maldita sea. Cierro los ojos por un segundo, volviéndolos a abrir.

"Lo siento, estaba tratando de concentrarme".

"¿Estás acostado en el piso otra vez?"

Ruedo los ojos, molesto de que me conozca tan bien. Pero, créelo o no, adquirí este hábito después de mi accidente. A veces, me pregunto si estoy un poco loco.

"Sí, pero dime, ¿por qué me llamaste?"

"El director quiere que te advierta que estés atento. Parece que hay una unidad policial investigando el crimen de Colt y ya lo han vinculado con el de Bancroft".

Me levanto. Cualquier otra persona podría estar frenética en mi lugar, pero no yo.

"Bueno, entonces tendré cuidado".

"A los altos mandos les complace tu trabajo y no quieren perderte. Pero deberías ser el doble de cuidadoso, hermanito".

"¿Sabes quién está investigando el caso?" Tomo una botella de agua del refrigerador.

"La unidad anti-crimen, pero no conozco los nombres de los oficiales. El director no proporcionó muchos detalles. Simplemente quiere que te enfoques en tu trabajo como antes".

"Está bien, lo averiguaré por mi cuenta. Siempre es bueno saber quién está cazando a tu alter ego".

"Colt, no hagas nada estúpido. Déjanos encargarnos de esta parte", me advierte mi hermana. "Hay algo más". Hace una pausa.

"¿Qué es?" Me dirijo a mi habitación.

"Estaban interrogando a los empleados del hotel".

Bien.

"¿En serio?" Pregunto con calma.

"Tal vez hayan hablado con tu novia".

"Lo más probable". Abro el grifo de la ducha. "No te preocupes, saldré con ella esta noche y averiguaré".

"Está bien, nos vemos". Corta la llamada.

Ya sea que hablaran o no con Mila, lo sabré de inmediato. Incluso si ella no me lo dice, tengo métodos persuasivos para hacerla soltar la sopa. Pero antes de ir a su lugar de trabajo, creo que visitaré a mi amigo nerd.

Salgo de mi auto, me subo la capucha de mi sudadera y abro la entrada con cables de una vieja fábrica abandonada con una antena masiva en el techo. Este es el dominio de Nick, un lugar plagado de cámaras. La puerta tiene un teclado con reconocimiento de huellas dactilares, inteligente. Le doy un buen golpe.

"¡Identifíquese!" la voz de Nick retumba por el intercomunicador.

Miro a la cámara, escuchando una maldición y un ruido fuerte del otro lado. Sonrío, la puerta se abre. Nick, de estatura promedio y alrededor de veinte años, fue reclutado por la agencia a los dieciséis. Le dieron a elegir: "Trabaja para nosotros o ve directo a la cárcel". El chico no tenía mucha opción. No es que la agencia dejaría escapar un talento como el suyo.

"No-puede-ser", tartamudea, asombrado de encontrarme en su puerta.

"Hola, chico", digo, deleitándome con el momento.

Nick se encoge, asustado.

"Juro que no hice nada para molestarte, viejo", suplica.

Lo agarro del brazo y lo levanto. Rara vez visito su "cueva", como él la llama.

"Yo-yo-yo", tartamudea, ajustándose las gafas.

"Si yo, yo y yo", lo interrumpo, "cállate, chico. No voy a hacerte nada". Le doy una palmada en la cara.

Entro, examinando el lugar, computadoras por todas partes. El lugar es un maldito paraíso tecnológico.

"¿Así que esta es tu cueva?" Noto una motocicleta de último modelo al otro lado.

"Sss, sí".

Me vuelvo hacia él con una expresión en blanco y se congela.

"Deja de tartamudear, chico. Ya te dije que no voy a hacerte nada". Le doy otra palmada.

Me siento y miro a mi alrededor.

"Créeme, yo tampoco. Pero necesito un favor tuyo".

Nick toma otra silla y se sienta.

"Hay un truco", responde, y le lanzo una mirada. Traga saliva con dificultad. "No importa, estoy todo oídos".

"Sí, solo hay un detalle. No quiero que lo informes".

"¿Qué?" Abre y luego cierra la boca. "Colt, sabes que tengo que grabar todo sobre ti".

Cuando comencé el trabajo para la agencia, Nick fue asignado no solo para ayudarme, sino para vigilarme.

"Sí, sí, ya sé todo eso".

"Entonces, ¿qué?"

"Entonces... necesito que averigües los nombres de los policías que están investigando el caso de Colt".

"Oh sí, lo estaba leyendo esta ma..." Cierra la boca de golpe.

Hago una mueca. ¡Bingo!

"¿Te gusta leer la computadora del director?" digo con diversión.

"Es la costumbre, ya sabes. No puedo frenar mi curiosidad".

"Sí, por supuesto".

"¿Qué vas a hacer cuando te diga sus nombres?"

"Nada. No voy a hacer nada".

Nick me mira confundido.

"Ya veo. Quieres saber las identidades de tus perseguidores".

"Algo así. ¿Lo harás o no? No olvides que sé dónde vives". Lo amenazo, aunque ambos sabemos que no lo dañaré. Me gusta el chico.

Abre y cierra la boca de nuevo.

"Mira, entre tú y yo, viejo, me gustas más que a mis jefes. A diferencia de ellos, siempre me das buenas recompensas". Se gira en su silla y señala su motocicleta.

Levanto una ceja.

"¿Te di esa motocicleta? ¿De verdad? ¿Cuándo?"

"Si fuiste tú. De hecho, me diste dinero para que me la comprara como regalo de cumpleaños el año pasado". Dice con un gesto de la mano.

Es cierto; nunca sé qué regalarle, así que generalmente lo autorizo a tomar algo de dinero de mi cuenta y comprar lo que quiera.

"Bien, me alegro de que te haya gustado tu regalo".

"Sí, gracias". Teclea en su computadora. "Enviaré los archivos a tu otro correo electrónico ahora mismo. Tendrás que abrirlo con tu computadora o tu tableta. No te preocupes, no se puede rastrear. Lo hice por si acaso". Sonríe con inteligencia.

"Buen trabajo como siempre". Me levanto y me dirijo a la puerta.

"¿Te vas ahora?"

"Tengo una cita".

"¡Uyyy, mándales saludos de mi parte!" dice.

"Ni lo sueñes". Respondo, saliendo.

MILA

Termino mi turno, tomo mi teléfono y, últimamente, lo he estado mirando más a menudo que una adolescente esperando un mensaje de texto de su crush. La inesperada emoción de esperar mensajes de Colt me está golpeando como un tren de carga. ¿Quién diría que estaría tan nerviosa como esas chicas que salen con sus novios? Colt parece ser un hombre de pocas palabras a través de los mensajes; generalmente le envío un mensaje por la noche solo para tener una idea de cómo le fue el día. Asiento al guardia de seguridad al salir, firmo el formulario, paso la tarjeta y ¡listo! Finalmente libre. El aire está cálido, ese típico abrazo de primavera. Lo adoro. Inclino la cara hacia el cielo, respiro profundamente y luego, cuando bajo la mirada, me asusto hasta la muerte. "Maldita sea, Colt". Afortunadamente, me toma de la mano y me estabiliza, su cuerpo una colisión perfecta. Dios, su toque me licua. "Hola, cariño", ronronea.

"Ho-hola", trago saliva.

Me besa, y sus labios saben a menta y miel, una combinación irresistible.

"¿Qué te trae por aquí? No pensé que vendrías", digo, con un tono un poco fuera de lugar.

"Quería sorprenderte. Vamos, sube", gesticula hacia su coche, y me quedo mirando el vehículo precioso, es diferente a la última vez.

"¿Cuántos coches tienes?" señalo, intrigada.

"Creo que unos nueve", sonríe con suficiencia.

Lo miro incrédula. ¿Nueve? ¿En serio? Capta mi reacción y le divierte. Me subo al coche y arranca el motor, un sonido reminiscente de una bestia de carreras.

"¿Cómo ha ido tu día?" pregunta, y me muero por saber a dónde me lleva.

"Cansado pero bien, como siempre, excepto..."

"¿Excepto qué?" Mira hacia adelante.

"Nada. Hoy, unos policías pasaron a hacer preguntas, ya sabes."

"¿En serio?" Gira hacia la autopista.

"Sí, sobre el tipo que recientemente estiró la pata en la piscina del hotel."

"¿Alguien fue asesinado?" pregunta, genuinamente sorprendido.

"Sí, un huésped VIP."

"Vaya."

"Sí."

"¿Y qué les dijiste?"

"No pude recordar nada. Honestamente, no noté nada sospechoso, aunque..."

De repente, un recuerdo aparece en mi cabeza: el tipo raro del ascensor con el choque.

"¿Qué pasa?" Me mira con expresión interrogante.

"Nada. Acabo de recordar que me encontré con un tipo extraño en el ascensor ese día."

"¿Eso?" pregunta.

"Sí, no creo que sea nada", lo descarto, aunque en el fondo no estoy del todo segura.

"Bueno", me muerdo el labio, "Colt, estás actuando raro."

"¿Estás bien?" pregunto, desconcertada.

"Claro, cariño. Sólo un poco cansado, eso es todo."

"Entonces vayamos a mi casa", sugiero.

Se ríe. "Me encantaría, pero tengo ganas de llevarte a un lugar que quiero que veas."

"Acepto".

COLT

"¡Es precioso!" exclama con un brillo en los ojos.

"¿De verdad?"

El lugar es un parque sobre una carretera antigua, reconvertido para familias durante el día y parejas por la noche. Ofrece una vista perfecta de la ciudad, especialmente cautivadora cuando se ilumina por la noche.

"Gracias por traerme", dice, y la beso en los labios.

"De nada, cariño."

Se acurruca en mis brazos y nos tumbamos en el capó de mi coche, contemplando el cielo nocturno. Suena cursi como el infierno, pero mi chica saca mi lado más suave, lo cual es aterrador y agradable a la vez. Charlamos durante lo que parece una eternidad.

"Probablemente debería llevarte a casa", anuncio, notando su somnolencia.

"Supongo que es lo mejor. Mañana es el último día de trabajo."

La ayudo a bajar, nuestros cuerpos se rozan. Lo siento, y se muerde el labio.

Te beso en la mejilla y le abro la puerta del coche, haciendo lo mismo con la mía. Cuando estoy a punto de girar la llave, mi mano me traiciona, temblando incontrolablemente. ¡Maldita sea! Aparto la mano y la cierro en un puño.

"¿Estás bien?" Ella se ve preocupada.

Odio que esto esté pasando ahora mismo.

"Sí, no es nada." No quiero que empiece a hacer preguntas.

"Colt..." ella alcanza mi mano, pero la aparto rápidamente.

"¡Maldita sea, Mila, deja de hacerlo!" Le grito.

Ella me mira con sus ojos marrones, y maldita sea, acabo de gritarle. No me sienta bien.

"Mila, yo..."

"Déjame no decir nada." Levanta la palma frente a mí. "Tal vez sea mejor si me voy." Agarra su bolso y abre la puerta.

Pero me paro, la cierro y me enfrento a ella. Me mira con asombro. No sé quién está más enojado, ella o yo.

"Te llevaré a casa," digo secamente.

No intercambiamos una sola palabra durante el trayecto. Estoy furioso por arruinar esta noche, sintiéndome como un idiota colosal. Detengo el coche frente a su edificio. Sin decir una palabra, abre la puerta de su lado pero luego la cierra de nuevo, volviéndose hacia mí.

"Eres un idiota."

Pongo los ojos en blanco. Por supuesto que soy un idiota en este momento. Abro la boca para decir algo, pero ella me silencia levantando el dedo índice.

"No entiendo por qué te enojas conmigo solo porque pregunté sobre tu mano," hace una pausa. "Me preocupé."

Dios, no me hagas esto, cariño.

"Yo... Colt," me mira, se muerde el labio, toma mi mano y hace algo inesperado: besa la palma de mi mano. Siento el toque de sus labios en mi piel, enviando un escalofrío por mi espalda. Mi respiración se acelera de una manera inusual. "Déjame entrar en tu vida," dice de repente, y trago saliva.

Me sorprende su declaración. No sé qué decir; me tomó por sorpresa. La atraigo y la coloco encima de mí. Ella envuelve sus manos alrededor de mi cuello. Trazo mi dedo a lo largo del contorno de su rostro hasta llegar a su boca. Cierra los ojos bajo la caricia, se muerde el labio, y mi parte inferior hormiguea. El beso de una manera tentadora y erótica mientras ella desabrocha mis vaqueros. Se levanta torpemente, hundiéndose en mí: así de intenso y brutal puedo ser. Pero cuando miro a sus ojos, me pierdo en un abismo perfecto y delicado. Me encanta sentirla así, encima de mí, con mi cuerpo dentro del suyo. Es mi salvación y, al mismo tiempo, mi perdición.

NUEVE

MILA

Colt está tomando una siesta y me encuentro mirando su mano. El recuerdo de su temblor anoche perdura. Está guardando secretos y, aunque deseo que suelte la sopa, espero que mi mensaje sobre querer entrar en su vida haya llegado. Me sobresalta al hablar, con los ojos aún cerrados.

"Es por el accidente".

No me había dado cuenta de que estaba despierto. "¿Es una consecuencia?"

Asiente en silencio y me acurruco a su lado, empapándome del calor de su piel.

"El médico le dijo a Victoria que habría algunas secuelas. Mi mano es un poco poco confiable y tengo convulsiones esporádicas".

"¿Algún otro efecto secundario? ¿Estás tomando medicación para eso?"

"Sí, tengo que tomar una pastilla a diario por el resto de mi vida. Mantiene mi hiperactividad y los temblores bajo control. El accidente dañó un nervio de mi cerebro".

Me estremezco al pensar en lo que él y su hermana pasaron. Sentándome, lo beso, mirándolo a los ojos, sintiendo su irritación persistente.

"¿Eso?"

"Estoy agregando a mi lista personal de cosas que no te gustan: odio cuando te lastimas". Otro beso. "¿Sabes qué? No te haré daño. Solo quiero que lo sueltes todo, confía en mí".

Puedo ver que algo dentro de él lucha con la idea. Espero que se abra, pero me empuja suavemente, plantando un beso en mi mejilla. Algo está mal, sin embargo.

"¿Colt?" Comienza a vestirse, mirándome. "Dime algo, por favor". Su comportamiento me tiene al borde. "Estoy tratando de entender lo que sientes, pero no puedo si te cierras así".

"Mila, es complicado. No... no lo entenderías". Se rasca nerviosamente la nuca.

"¿Qué no entendería?" Mi frustración va en aumento. "No quiero hablar de eso, eso es todo", dice exasperado.

Bueno, eso es todo. Estoy furiosa. Me paro frente a él, le quito la camisa y se la tiro a la cara. "Sal de mi casa", declaro, recogiendo mi pijama.

"Por favor, Mila. Necesito que me des tiempo. Todo esto es nuevo para mí".

"¿Nuevo?" Lo encaro. "¿Sabes qué? ¡Vete al diablo!" Saliendo de la habitación, me dirijo a la cocina, urgentemente necesitando una dosis de cafeína.

"¿Qué quieres que te diga?" Me sigue.

"¡Quiero que me digas cómo te sientes, eso es todo! Siento que no te conozco. ¿Entiendes lo que estoy tratando de decir?" Grito. Tomando mis llaves y mi teléfono, agrego: "Toma tus llaves y tu teléfono".

"Mila, mírame", me implora, pero no lo hago. "¿Erin? No lo repetiré de nuevo". Su tono se vuelve irritante, pero no me importa. No lo miraré. Siento su mano en mi brazo y me vuelvo hacia él.

"¡Demonios!" Crea una barrera con sus brazos, impidiéndome escapar. El aire se espesa entre nosotros. "Si te lo dijera, correrías en este momento, y no estoy dispuesto a que eso suceda". Acariciando mi rostro, dice: "Me vuelves loco, nena, y me gustas mucho. Voy en serio contigo y no quiero arriesgarme a perderte".

En sus ojos, detecto un atisbo de miedo. ¿Qué está escondiendo Colt de mí? Me gustaría saberlo. Todavía estoy molesta porque no confía en mí, pero creo que la confianza debe ganarse con el tiempo.

"Tengo que ir a trabajar", le digo, haciéndome a un lado. Sin decir nada más, me voy a mi habitación. Escucho que se cierra la puerta y compruebo que se haya ido. Suspiro, sintiéndome como una completa idiota. Mi corazón dice que corra tras él, pero mi cuerpo no quiere reaccionar. Hoy no será un buen día.

El detective Jester es despertado de su sueño cuando alguien salta a su cama. Las risas llenan el aire: la chica rubia está en ello de nuevo.

"¿Qué estás haciendo, princesa?", gruñe, despertándose.

Su hermana aparece en la puerta. "¡Por Dios, Matie!" Desafía a la niña, que está molestando a su tío de manera juguetona. "Deja a tu tío". Levanta a la niña por los brazos.

"Déjala, no me molesta, Ylenia", insiste Jester.

"Aun así, esta señorita no debería entrar a las habitaciones, así como así", la regaña a su hija. "El desayuno está listo en caso de que quieras algo".

"Gracias, ahora vete".

Su hermana se lleva a su sobrina y cierra la puerta. Jester se frota la cara; llegó tarde anoche. La investigación se está arrastrando, y se siente atascado. Parece un callejón sin salida, pero algo no encaja del todo. Su teléfono suena en la mesa, mostrando un número desconocido.

"Detective Harding, ¿quién llama?"

"Buenos días, detective. Soy Mila Sweet".

Jester se sienta; no esperaba una llamada de la bonita chica del hotel. "Buenos días. Reconozco la voz. ¿De qué se trata la llamada?" Intenta sonar profesional.

"Detective, he estado pensando en lo que me dijo. Si noté algo extraño ese día, y recordé algo".

Genial, una razón para verla.

"¿De verdad? ¿Crees que podríamos reunirnos?"

"Por supuesto. Estoy en el trabajo ahora, pero puedo salir alrededor del almuerzo, digamos, a las doce y media. ¿Eso funciona para ti?"

"Sí, perfecto".

Mila termina la llamada, y una sonrisa se dibuja en los labios de Jester.

COLT

El hombre sale volando a través del cristal del bar, y mi objetivo se escapa. Estoy más que enojado, irritado y furioso. En un movimiento rápido, le disparo al hombre que interfiere en la pierna para evitar que obstaculice mi persecución de su jefe de la mafia, luego otro disparo al pecho.

"Creo que alguien está de humor hoy", suena la melodiosa voz de Nick.

"No tienes idea", le espeto. Bajo las escaleras, encontrando a otro de sus hombres. Un golpe de palma en el pecho y un golpe en el cuello, y se está cayendo de las escaleras.

"Nuestro amigo está escapando por el pasillo a tu derecha", me informa el nerd.

Miro a una cámara en el pasillo y la saludo, sé que él está mirando. Lo escucho reír al otro lado.

"¡Vamos, Lance!" llamo impaciente. "¡Oh, vamos, Lance!" repito, derribando a otros dos que parecen materializarse de la nada.

Lance Hart, el hombre de confianza de un cártel mexicano, se da la vuelta, comienza a disparar. Encuentro cobertura dentro de una de las salas del club, luego salgo, disparando dos tiros directamente, uno al hombro, el otro a su pierna izquierda. Se desploma de dolor. Recargo mi arma.

"¡Excelente!" dice Nick.

"¡Hijo de tu madre!" me escupe a los pies.

"Qué sutil", murmuro. "Mi jefe servirá tu cabeza como comida para perros".

"Qué poético", responde emocionalmente.

"Llama para la limpieza y prepara el lugar para nuestro amigo".

"A sus órdenes".

"Hijo de puta", deletrea cada palabra el compañero del detective Harding.

Ambos hombres observan al mafioso, el cuerpo baleado en la frente, las manos atadas y suspendido en el aire.

"Esto se está saliendo de control".

"No solo eso", interrumpe uno de los detectives. "Nuestro amigo es el hombre de confianza de Ortega, involucrado en drogas y prostitución. Uno de los bares que dirigía es un desastre total; todos sus hombres están muertos".

"Déjame adivinar, sin casquillos y sin huellas dactilares", comenta Jester.

Asiente. "El maldito está ganando a la prensa; ya lo llaman el antihéroe".

"Sí, pero no está buscando la fama. Eso está claro", concluye Kasey.

"Correcto. El tipo imparte justicia a su manera, que no es la correcta", afirma Jester mientras observan cómo bajan el cadáver. "Oye", Kasey capta su atención, "¿No tenías una cita con la chica del hotel?"

"¡Mierda! Lo olvidé", comienza a irse y se detiene, volviéndose a su compañero. "¡Y no es una cita!" aclara, aunque es probable que sea inútil. "¡Vete! Me encargaré del resto".

MILA

"Un sándwich de atún y una Coca-Cola, por favor", hago mi pedido.

"Y una soda, por favor", agrega el detective Harding.

"De inmediato. ¿Una soda? ¿No vas a comer nada?" pregunto, con tono burlón.

"No, tengo el estómago cerrado, pero gracias," responde.

"Oh. Bueno, creo que tenías algo que decirme," dice, reclinándose.

Noto sus ojos azules, y por su apariencia, el hombre parece estar en forma. "Sí, la conversación de ayer me ha estado carcomiendo. Recordé algo extraño ese día."

"¿Extraño? Cuéntame más, por favor."

"Soy un poco torpe, así que los accidentes no son inusuales para mí. Ese día, estaba en el ascensor cuando de repente se detuvo, chocando con un hombre con capucha," explico, gesticulando con la mano.

"¿Lograste ver su cara?"

Niego con la cabeza. "No, por supuesto que no. No pude porque mi amigo me jaló hacia abajo."

"¿Recuerdas su altura?"

"Era como la tuya," señalo.

El detective Harding toma notas detalladas, manteniendo su enfoque. "¿Recuerdas algo más?"

Sí. Recuerdo que mis manos tocaron su torso, sus manos agarrando mis muñecas. Eran suaves pero fuertes.

"Sus manos."

"¿Sus manos? ¿Cómo eran?"

"Dedos largos, detective," hago una pausa. "Tenía fuerza en sus manos. ¿Eso es útil?"

"Si todo lo que se puede describir es útil." Me está observando sutilmente, y lo noto.

"¿Qué?" hablo con la boca llena, dándome cuenta de mi error. "Lo siento, normalmente almuerzo con mi amiga Marie, pero hoy está fuera."

Se ríe. "Está bien. No importa. ¿Cuánto tiempo has estado trabajando en el hotel?"

"¿Me estás preguntando para tomar notas o por curiosidad?" bromeo.

"Por curiosidad, supongo," responde.

"Alrededor de tres años. Me mudé aquí después de dejar mi ciudad. Antes, trabajaba en un restaurante como mesera."

"¿Qué te hizo dejar tu ciudad?"

Parece un interrogatorio. Si mi madre estuviera aquí, no duraría ni dos segundos frente a ella.

"¿Qué es gracioso?" pregunta.

"Estaba recordando a mi madre. ¿Sabes? Ella es policía."

"¿Un policía? ¿En serio?" dice, sorprendido.

"Sí, dirige su propia unidad en Linnester, donde residen mis padres."

"Wow, impresionante. ¿Y tu padre también es policía?"

"Esa es la parte extraña. Mi padre es profesor de matemáticas en la universidad. Tal vez hayas oído de él, el profesor Erik Stuart."

Casi escupe su bebida. "¿Esto es una broma?" pregunta, atónito.

"No."

"Wow, así que eres la hija de un genio."

"Algo así, sí."

"Increíble. Ha colaborado muchas veces con el departamento en algunos casos difíciles."

"Exactamente". Miro mi reloj. "Mierda, tengo que irme. Es casi la hora de que vuelva al trabajo".

"Por supuesto, no hay problema. Déjame acompañarte al hotel".

"Oh, no tienes que hacerlo".

"Por favor, dime, Jester".

COLT

Agarro el volante con fuerza. ¿Qué demonios está haciendo ese detective con mi esposa? Vine a hablar con ella, pero me sorprende verla almorzando y con el detective que parece estar en mi rastro. ¿Qué está haciendo con él? Mi teléfono suena y reviso la pantalla sin quitar los ojos de ellos.

"Dime, Vic", digo, siguiéndolos a distancia.

"Estoy en tu casa. Tenemos que hablar, hermanito. Es importante".

"Mierda. No puedo ahora, Vic. Estoy ocupado".

"Colt, ¿qué estás haciendo?"

"¿Quieres saber?" Miro cómo el detective sonríe a mi chica. "Estoy viendo cómo el detective, que toma casos en mi contra, acompaña a mi novia a su trabajo".

"¿ESO?"

"Lo que oíste. Tengo que colgar. Te lo explicaré todo de inmediato".

"Está bien, ten cuidado".

Me estaciono en la calle por donde entran y salen los empleados del hotel. Este tipo no tiene idea de que ella es mi novia. Salgo de mi vehículo y me acerco a ellos. Los ojos de Mila están fijos en mí, y el detective se vuelve para ver quién está mirando. El idiota me está mirando.

"Colt", me dice en tono tranquilo.

"Hola, amor". Me acerco a ella, le tomo el rostro entre las manos y la beso rápidamente, bajo la atenta mirada del idiota.

"Ho-hola". No esperaba mi reacción. "Colt, él es el detective Harding".

"Mucho gusto, detective". Extiendo mi mano y él la acepta. "Colt Hunter. Aquí está mi alter ego".

"Encantado, Colt".

No seas amable conmigo.

"¿Todo está bien?" le pregunto mientras mira de uno a otro.

"Todo está bien, señor Hunter", responde él en lugar de ella.

No preguntes, baboso.

"Sí, solo eran algunas preguntas sobre un caso".

"¿Un caso? Si tienes preguntas, ¿no deberían hacerse en la comisaría?" digo con naturalidad.

Harding me mira con sospecha, y Mila me mira de manera extraña.

"Sí, pero esto no es un interrogatorio".

"Por supuesto, entiendo". Tomo la mano de Mila, que está a mi lado. "Bueno, Mila, tengo trabajo. Debo irme, y si recuerdas algo más, no dudes en llamarme".

"¿Mila?" ¿En serio?

"Sí, detective. Gracias".

Se despide y se aleja de nosotros calle abajo.

"¿Puedes decirme de qué se trata todo esto?" Pongo los brazos como jarras.

"Nada", respondo. Quiero besarla, pero ella me esquiva, y eso me molesta.

"Nada", repite ella. "Creo que acabo de presenciar un concurso para ver quién lo tiene más grande".

Abro la boca. No esperaba que me dijera eso, pero cuando no lo hace, es una mujer, y su sexto sentido la alerta sobre este tipo de detalles.

"Cariño, ya sabes quién lo tiene más grande", respondo con un tono egocéntrico.

Me mira atónita y está muerta de vergüenza.

"No puedo creer que te salgas con la tuya". Se da palmadas en las mejillas, tratando de hacer desaparecer el color rojo de su rostro. "¿Por qué viniste?"

"Quería llevarte a comer, pero veo que me ganaron de mano". Me acerco a ella y la atraigo hacia mí. Ella rodea mi cintura con sus pequeñas manos. Al menos no está molesta por hoy.

"Lo siento, tuve que hablar con el detective. Ya te dije que está investigando el caso de asesinato". Apoya su frente contra mi barbilla y aspiro su aroma a vainilla.

"Me gusta cómo hueles". Le doy un beso casto en la frente.

"Tonto", me dice con una sonrisa.

Ahora me siento mucho mejor.

"Tengo que volver al trabajo", dice, alejándose un poco de mí.

"Está bien, pero... no sin antes". Tomo su rostro entre mis manos. Me fascina ver la expresión que pone cuando estoy a punto de besarla, pero decido sorprenderla y darle un beso en la esquina de su boca y luego acariciar sus labios con mi lengua. Un pequeño gemido sale de su boca, y me encanta eso. "Te veré más tarde". Me alejo rápidamente, y ella está atónita por lo que acabo de hacerle.

Voy a mi coche. Antes de abrirlo, me congelo. Observo a través del cristal de la puerta una figura masculina observándome. Mi corazón late rápido. Creo que estoy viendo un fantasma. Me giro rápidamente para verlo directamente. No estoy soñando. Vuelvo a cerrar la puerta y me acerco al hombre que no había visto en mucho tiempo.

"Hola, Hunter". Tiene una postura relajada como siempre, con las manos en los bolsillos.

"Hola, Cole".

El hombre que tengo frente a mí, Braxton Cole, mi mentor.

DIEZ

COLT

Hace unos malditos años, no era el tipo que ves parado aquí ahora. Después de que mis padres se fueran, nuestros tíos nos acogieron bajo su supuesto cuidado. ¿Mi respuesta a cualquier cosa que me molestara? Desatar la furia. Me echaron de tres escuelas diferentes, todo gracias a las quejas sobre mis tendencias violentas. La oscuridad dentro de mí me estaba devorando por completo. Entonces un día, entra Braxton Cole. Vio el potencial debajo del caos y supo exactamente cómo aprovecharlo.

"Estás luciendo bastante ágil para un jubilado", me río, mirando a unos niños jugando con su perro.

"Dicen que el matrimonio le sienta bien a una persona", sonríe.

"Entonces, ¿qué te trae husmeando por aquí?"

Me lanza una mirada de soslayo y una sonrisa torcida. "¿No puede un mentor pasar a ver a su pupilo? La última vez que te vi, te estabas rehabilitando en un hospital militar".

"¿Viniste aquí a recordarme que ahora trabajo para el gobierno?"

"Sólo estás sacando la basura de los que sorben whisky y fuman los mejores puros cubanos".

"¿Qué puedo decir? El sueldo es bueno", me encojo de hombros.

"¿La chica sabe en qué andas? ¿Sobre tu pasado?"

Aprieto los labios. No, ella no lo sabe.

"Hmm, creo que lo he averiguado".

Miro la pantalla de mi teléfono; mi hermana me está esperando en casa.

"Tengo que irme, Cole".

"Por cierto, vi a Mike recientemente".

Me congelo en mi lugar.

"Le dejaste una bonita cicatriz en la mejilla", sugiere.

Me giro, fulminándolo con la mirada.

"¡Me disparé en la cabeza!", grito, "Ambos sabíamos que eso pasaría después de que te fueras".

"Te saqué de allí, hijo. Te llevé a un hospital".

"Sí, bueno, gracias por eso. Mike sabía que romper tus reglas tendría consecuencias".

"Ha estado rompiendo esos mandamientos desde hace mucho tiempo".

"No quiero hablar de esto, Cole", le indico que me voy. "La próxima vez que quieras aparecer, dame una maldita llamada".

Me alejo, sí, él me sacó de allí, pero mi hermana fue la que se quedó atrás.

MILA

Estoy llenando la olla con palomitas, lista para nuestra noche de series con Marie. La elección de esta noche es "Altered Carbon". Noto que ella está sosteniendo el control remoto, dudando en presionar play.

"Marie", pongo los ojos en blanco, "¡vamos! ¡Quiero ver al apuesto Takeshi!", me quejo con cariño.

"Lo haré, una vez que me cuentes sobre el chico lindo que te tiene con la cabeza en las nubes".

"¡Marie!", la reto, riendo, "No sé por qué compartí ese detalle personal contigo".

"Está bien, suelta. ¿Qué hizo nuestro chico esta vez para molestarte?"

"Si me preguntas, no mucho, realmente". Ella se vuelve hacia mí, levantando una ceja. "Le dije que me dejara entrar en su vida".

"Suelta".

"¿Y qué hay de ti? Vaya, amiga, ¿te das cuenta de lo que acabas de decir?"

"Si le hubiera dicho que confiara en mí", retomo el control, retomando donde lo dejamos, "pero ella se aleja y vuelve a guardar silencio. ¿Ahora qué?"

"Te diré, amiga, le propusiste matrimonio".

"¿De qué estás hablando? Por supuesto que se lo dije. En ese momento, sintió que debía contarme, por ejemplo, cómo sucedió exactamente su accidente".

Ella me mira y de repente me da una palmada abierta en la nuca.

"¡Ay! ¿Por qué hiciste eso?" Me froto el lugar.

"¡Por ser un tonto! Le dijiste a ese chico que lo amabas, ¡hola! Los hombres leen entre líneas cuando una mujer dice ese tipo de cosas".

Mis ojos se abren de par en par. ¿De verdad? Si malinterpretó lo que dije... espera un minuto, no, terminé diciéndole que confiara en mí.

"Le propusiste matrimonio", afirma de manera contundente.

"Mierda", asiento en silencio, cruzando los brazos. "Solo quería que se sintiera cómodo contándome cosas, eso es todo".

"¿Quieres que él confíe en ti?"

"Corrección: no caminé con el detective Harding. Solo hablamos de lo que recuerdo de ese día".

"Como sea. ¿Quieres mi consejo?"

"Estoy escuchando".

"Creo que deberías darte un baño, ponerte uno de esos nuevos conjuntos de lencería y ir a su casa para seducirlo. Como una forma de disculparte, ya sabes".

Mi mandíbula se cae. No es mala idea.

"Supongo que tienes razón", hago pucheros. Soy una tonta.

"No solo lo supongas, hazlo", se ríe. "Solo trata de decirle que puede confiar en ti, eso es todo".

"No, estás ansiosa por saber su pasado, que es diferente".

"No sé mucho sobre él, Marie. Cada vez que nos encontramos, hablamos más de mí que de él".

"¿Y qué sabes de él?"

"Que tiene una hermana que trabaja en un bufete de abogados o algo así, y que sus padres fallecieron cuando eran niños".

"¿Eso es todo?"

"Bueno, noto que es algo meticuloso. Odia repetir las cosas más de una vez, creo. Usa ropa de marca. Y, aparte de su trabajo, no, no sé nada más".

Mi amiga suspira. Mi curiosidad es definitivamente desesperante. Podría haberle pedido a mi madre que investigara los detalles sobre su accidente, pero siento que es cruzar una línea. Quiero que él sea quien me lo cuente.

Estoy parada frente al espejo en mi habitación, revisando el atuendo que estoy usando. Es blanco y con encaje. Me muerdo el labio. ¿Realmente estoy pensando en ir al apartamento de Colt?

"Esto es una locura, Mila. Es una locura".

No puedo creer que esté aquí, frente a la puerta de Colt. Mis piernas tiemblan, mi corazón late rápido. Con cierto temor, toco el timbre y espero pacientemente a que él abra. La manija de la puerta hace ese sonido característico, y Colt abre la puerta. Abre la boca, sorprendido de verme allí.

"Mila", no sabe cómo reaccionar.

"Yo..." aprieto los puños a los lados. Dios, estoy nerviosa. "Siento haber venido sin avisarte".

"Por favor, pasa", se hace a un lado. "¿Quieres algo de beber?"

No, solo quiero estar contigo ahora y disculparme por ser tan estúpida.

"No, gracias".

El lugar es hermoso, tres veces el tamaño de mi apartamento. Limpio y ordenado lo describe en este momento. Camino a la sala de estar.

"Es hermoso", digo, mirando a mi alrededor.

"Gracias. Déjame quitarte la chaqueta".

Siento su aliento cerca de mi piel. Cierro los ojos por un segundo. Sus dedos acarician la piel de mis hombros mientras me quita la chaqueta. Siento un suave beso en mi omóplato.

"Eres hermosa", pasa su mano por mi cadera, levantándola delicadamente, y luego se hace a un lado.

El aire está cargado en esta habitación.

"Mila, yo..."

Levanto una mano para interrumpirlo. Necesito que me escuche.

"Metí la pata hoy, pero necesito que me entiendas", se enfoca en mí intensamente. Diablos, se ve bien con esa ropa deportiva, recostado casualmente contra el respaldo del sofá. "Cualquiera que haya sido mi intento de derramar hoy", trago saliva, "sea lo que sea, Colt, me preocupo genuinamente por ti". Se acerca más, pasando su mano por mi rostro. "¿Colt?" Noto que sus fosas nasales se dilatan mientras respira.

"Dime, cariño", acaricia mis labios con su pulgar.

"Te amo". Vamos, Mila, muéstraselo; las acciones hablan más fuerte. Extiendo mi mano y él la toma, un poco confundido. La confusión parpadea en sus ojos mientras lo guío a sentarse en el sofá. Su mirada está fija, sin perder el ritmo mientras preparo el escenario para lo que está a punto de suceder.

Me posiciono entre sus piernas, y su mano se abre camino por mi pierna.

"Eres impresionante", gime.

Retrocediendo un poco, tomo la tela de mi vestido debajo de mis caderas y lo despego desde arriba, arrojándolo a un lado. Los ojos de Colt se iluminan, y traga saliva con dificultad. Acercándome, tomo una de sus manos y la guío para que descanse en mi cadera. Sus dedos recorren mi abdomen hasta llegar a la división entre mis pechos, acariciando sobre la tela de mi corpiño. Echo un vistazo hacia abajo y vislumbro la creciente tensión entre nosotros. Me atrae más cerca, y siento la dureza debajo de sus pantalones mientras su lengua hace estragos en mi piel. Quitándole la camisa, paso mis manos por sus hombros. Diablos, sus toques amenazan con hacerme deshacer en cualquier momento. Aferrándome a sus hombros, susurra: "Me vuelves loco, hermosa", mientras me besa con ese estilo intoxicante y seductor del que no puedo tener suficiente.

No puedo decir quién está más perdido en el torbellino de sensaciones, pero este hombre me tiene ahogada en un mar de sentimientos que nunca imaginé. Quiero ser su ancla, en quien confíe. Te amo, Colt, aunque no lo digo; quiero que lo sienta de la manera más expresiva posible.

COLT

"Si esta es tu forma de disculparte, estoy a favor de ello", me inclino y le doy un beso en los labios, y ella responde con una sonrisa radiante.

Podría perderme en esa sonrisa para siempre.

"Solo quería que entendieras", dice, sonrojándose.

Mis manos encuentran un lugar cómodo en sus caderas, sus dedos acariciando la piel de mi torso. Me hace cosquillas, pero la dejo hacerlo. La puerta de mi casa se abre.

"Mierda".

"¿Qué está pasando?"

"Mi hermana".

Mila me mira con ojos alarmados.

"¿Colt?" Escucho la voz de Victoria.

"¡Ya voy!" grito.

"¡Dios!" Mila salta de la cama, completamente desnuda.

"Maldita sea", murmuro mientras me visto. "Tienes un hermoso trasero, cariño".

Ella abre los ojos.

"¡No te rías! Mira el momento, estoy a punto de conocer a tu hermana. ¡Qué vergüenza!"

Agarra su ropa y se apresura a encerrarse en el baño. Me muero de risa mientras salgo de mi habitación. Supongo que debo ser más cuidadoso ahora que Mila podría quedarse a dormir.

"Hermana". Quiero darle un beso, pero ella me detiene.

"¡Detente!" Levanta la mano. "No te me acerques así".

"¿Cómo debería?"

"Como si acabaras de tener sexo. Es asqueroso". Hace una mueca de disgusto.

"También te quiero, Vic", pongo los ojos en blanco.

Mi hermana es rápida para captar, nunca se pierde un latido. "¿Está ella aquí?" Mira por encima de mis hombros.

"¿Cómo lo sabes?" Me sirvo una taza de café fresca.

"No soy una idiota, Colt. Me di cuenta de que no estás solo". Señala la chaqueta de mi novia colgada en el perchero. "O al menos has decidido cambiar de género. Esa chaqueta es de mujer".

Chasqueo la lengua. "Si lo sabes, me di cuenta de que ser un macho alfa no es lo mío", digo con sarcasmo.

Me golpea juguetonamente en el abdomen y se ríe. Veo a Mila mirando hacia arriba.

"¡Hola! Tú debes ser Mila", dice.

"Hola, encantada de conocerte".

"Soy Victoria, la hermana de este tonto".

"¿Perdón?" Dejo mi taza a medio camino y, peor aún, mi chica se ríe.

"No le hagas caso. Me alegro de conocerte por fin".

Mi hermana abraza a Mila, que acaba de bañarse y huele a mi aroma favorito.

"¿Quieres una taza de café?" le pregunto cuando se acerca. El beso en los labios.

"Sí, gracias".

"Oye", mi hermana me hace un gesto con la cabeza, indicándome que quiere hablar en el balcón.

"Disculpadme, debo hablar con mi hermana a solas".

"Por supuesto, haré los tostados mientras".

Victoria se apoya en la barandilla con su café en la mano.

"Odio arruinar tu fin de semana, hermanito, pero hay un problema".

"Habla", bajo la voz.

"Acabo de recibir una notificación de que Mike llegó ayer en un vuelo de Malasia".

Justo lo que necesitaba, ese maldito está aquí.

"¿Qué tan confiable es tu fuente?"

"Muy segura, Colt". Se acerca más. "Por favor, ten cuidado". Me lo pide en un tono preocupado.

Mi hermana comparte los mismos ojos marrones que mi madre. Le pongo el brazo alrededor y le beso la frente. Si ese maldito se me acerca esta vez, no me tomará por sorpresa.

ONCE

Harding ha estado viendo el mismo video una y otra vez durante casi cinco horas, conociéndolo prácticamente de memoria.

"No pude ver su rostro, llevaba una capucha".

Recuerda las palabras de Mila, baja los pies de su escritorio, busca el CD con las imágenes de las otras cámaras, un grupo de personas subiendo al ascensor, un detalle llama su atención, busca las siguientes imágenes, de nuevo el mismo sujeto con capucha saliendo del área de la piscina, por el pasillo.

-Maldito hijo de puta- murmura- realmente eres admirable- dice cuando ve en la pantalla, con total tranquilidad con la que camina por el pasillo hacia la salida del hotel, después de eso desaparece por completo, excepto por un pequeño destello en la pantalla de la imagen, retrocede, es leve pero ahí está.

"¿Qué tienes, compañero?" Kasey se sienta a su lado con la mirada fija en la pantalla.

"Tenemos a nuestro hombre". Jester detiene la imagen para que su amiga la vea.

"¿Es él?" Pregunta seriamente.

- Sin duda, lo malo es que la imagen tiene un pequeño salto en los momentos en los que aparece.

-¿Qué quieres decir?

-Dije que alguien lo ayudó a borrar su rostro.

MILA

"Eres sin duda la mejor", Marie elogia mis escapadas de fin de semana. "Me alegro de que tú y el Sr. Guapo se hayan reconciliado. Ahora, ¿por qué estás aquí en tu día libre?" Gesticula a su alrededor. "¿Te has convertido en la amante del adicto al trabajo?"

Niego con la cabeza, acomodando champús en las cestas de los huéspedes. "Colt tuvo que irse por trabajo, pero volverá en tres o cuatro días. Algún problema en un hotel de Estambul o algo así".

"Increíble. El chico sabe cómo pasarlo bien. No sé por qué no me convierto en contratista. Guapo, adinerado y, mejor aún, pasa el tiempo viajando por el mundo. Amiga mía, te envidio". Me golpea las caderas y nos reímos juntas.

"Vamos a comer algo", sugiero.

"Déjame guardar estas en las duchas, y voilà, no es como si nuestro querido jefe decidiera inspeccionar".

"En eso tienes razón. Últimamente, ese hombre se ha estado comportando de manera extraña conmigo".

Marie chasquea la lengua. "Ten cuidado. No te dejes llevar por él", aconseja sabiamente.

"¿Por qué debería hacerlo?"

"Hay rumores; le gusta acurrucarse con los empleados. Hace algún tiempo, el personal de mantenimiento estaba susurrando en la sala de descanso. Una de las camareras de habitaciones lo denunció por acoso".

"¿En serio? ¿Y no hicieron nada?"

"No. Nuestro gerente está casado con un superior del hotel. Lo descartaron como mero chantaje".

"Lamentable. De todas formas, siempre lo evito".

"Bien hecho, chica".

Mi teléfono vibra en el bolsillo de mi uniforme. Miro la pantalla "Colt". "¿Hola?" Respondo, radiante.

COLT

"Hola, cariño".

"Hola, ¿cómo estás?"

"Estoy bien, disfrutando de la vista en este momento. Paisaje urbano perfecto desde donde estoy".

"¿Dónde estás? Puedo escuchar sonidos de autos de fondo".

Sonríe. "Estoy en el borde del edificio donde tuve la reunión. Déjame enviarte una foto para que veas lo que estoy viendo, cariño". Tomo una foto y la envío.

"Dios, Colt, ¿estás realmente en un borde?" Pregunto, preocupada.

"Sí", responde melodiosamente.

"¡Estás loco! ¡Podrías matarte!"

"Me gusta", responde con indiferencia. "Cariño, ¿estás preocupada por mí?"

"Tonto".

Me río, y mi teléfono vibra en mi mano. "La vista de la ciudad es hermosa, pero ahora baja de ahí, ¿de acuerdo?"

Leo el mensaje de Nick. "Oye, Romeo, debemos irnos".

"Está bien, lo haré si me dices que me extrañas".

"No lo haré", dice exasperada, claramente bromeando.

"Hazlo, y te prometo que me bajaré", insisto.

"Bueno, tú ganas. Te extraño. ¿Contento?" Se ríe.

"Mucho mejor. Tengo que volver al trabajo. Te llamaré más tarde, ¿de acuerdo?"

"Seguro, cuídate. Adiós".

"Adiós, cariño".

"Urgentemente necesito una novia. Suenas muy cursi hablando con ella", comenta Nick al otro lado de la línea, rompiendo el silencio.

Me bajo del borde y me dirijo a las escaleras. "Oye, nerd. Si vuelves a decir algo así, te tiraré de este edificio".

Escucho el sonido de una caída del otro lado.

MILA

Marie regresa para comprobar en caso de que el Sr. Devlin, nuestro jefe, decida sorprendernos. También estaba buscando mi tarjeta de entrada. "¿Mila Sweet?"

Me doy la vuelta, enfrentando a un hombre alto con traje y una cicatriz en un lado de su mejilla derecha. Su voz me envía escalofríos por la espalda.

"Sí", respondo con cautela.

El hombre sonríe con un toque de satisfacción. "Así que eres tú", murmura.

"¿Qué quiere?" Trago saliva con dificultad; este hombre es intimidante.

"Nada, solo quería conocerte. Eso es todo".

Se va en silencio con las manos en los bolsillos. Me apresuro a entrar, apoyándome contra la puerta. ¿Qué fue todo eso?

"El agente Cobak eres tú y yo, nadie más", presiono play, recostado en mi sofá. Desde que ese hombre se me acercó ayer, me he sentido inquieto. Espero que no sea nada.

Mi teléfono suena; es Colt. Pongo en pausa la serie y respondo.

COLT

"Dime que estás usando esa ropa de encaje, amor", ronroneo.

Escucho una risita nerviosa del otro lado. El hombre me mira con asco desde su silla, con la cara ensangrentada, mientras yo estoy sentado con las piernas cruzadas frente a él. Dos cuchillas sobresalen de cada rodilla. El hombre intenta hacer ruido, pero lo advierto con mi dedo índice.

"¿Qué fue eso?", me pregunta desde el otro lado.

"No es nada, mi amor, solo la televisión. Oye, no me respondiste", digo, jugando con el cuchillo en mi mano.

"Estoy usando el atuendo rojo", dice con voz tímida.

El cuchillo se me cae de la mano.

"Dios", murmura.

"¿Qué está pasando?"

"Nada." Tomo el cuchillo de nuevo y se lo clavo en el pie derecho; el hombre intenta gritar, pero la cinta en su boca lo ahoga. "Dilo", insisto.

"¿De verdad quieres saber en qué estoy pensando ahora mismo?", digo con voz seductora.

"Sí."

"Bueno, creo que si estuviera allí, estaría arrancándote ese atuendo con la boca".

La escucho hacer un esfuerzo por no reír.

"Tu risa es música para mis oídos, cariño".

"¿Cuándo vuelves?"

"Bueno..." Miro al hombre, que está a punto de desmayarse por el dolor. "Creo que pasado mañana, estaré de vuelta".

"Es un alivio escuchar eso". Su voz ahora suena preocupada.

Tomo mi arma de la cintura.

"¿Mila? ¿Estás bien, cariño?", levanto una ceja.

"Sí, todo está bien. Te lo diré cuando vuelvas; no es nada".

"¿Estás segura?", me doy la vuelta para volver a donde está mi objetivo, que me mira con una mirada suplicante.

"Sí, te lo diré cuando regreses".

"Está bien, preciosa. Oye, debo dejarte; tengo que terminar algunas cosas. Te veré cuando vuelva, ¿de acuerdo?"

"Sí, ten cuidado".

"Tú también".

Corto la llamada.

"Ella es mi novia", le hablo al sujeto. "Es hermosa, ¿sabes?"

El hombre llora, suplicando por su vida, pero no hay punto. Pueden llamarme un bastardo insensible, pero la verdad es que este tipo de sujeto no debería habitar la Tierra. Pero no puede haber un yin sin un yang, ¿verdad? Un tiro directo a su corazón, su cuerpo se convulsiona y en cuestión de segundos, está muerto.

"¿Estás ahí?"

"Como siempre, jefe".

"Todo está listo. Diles que vengan".

"Enseguida".

Enfundo el arma y me retiro en silencio.

DOCE

Jester entra en el sector del laboratorio, con Kasey siguiendo detrás. Taylor, absorto en su computadora, estaba reproduciendo música a todo volumen. "¡Taylor!" Jester ladra sobre el ruido.

"Lo siento, la música me ayuda a concentrarme", se defiende Taylor, un poco demasiado ajeno a su entorno.

Kasey pone los ojos en blanco y toma el control. "¡Diablos! Baja el volumen. Buena música, aunque", se burla, escuchando a Thirty Seconds to Mars.

"Dime lo que tienes", exige Jester, queriendo una pista sobre el asesino.

Taylor teclea, poniendo el video del ascensor en la gran pantalla. "Primero, revisé lo que me pediste, y hay un salto. La parte intrigante es que fue hackeado".

"¿Hackeado?" Kasey pregunta, confundida.

"Sí, hackeado. Alguien muy bueno, y con eso me refiero a un experto".

"Ve al grano", Jester insiste impaciente.

"Alguien de fuera manipuló las imágenes. Me tomé la libertad de entrar en el servidor del hotel, ¡y voilà!" Aparece el mismo video.

"Increíble", Jester se queja. "Ese es el video original". Observa a Mila chocar con la figura encapuchada contra la pared trasera del ascensor.

"Eso significa que nuestro chico no estaba solo", observa Kasey.

"Exactamente. Alguien de fuera trabajó con él, y me atrevería a decir, un hacker muy bueno", agrega Taylor. "Nunca he visto un trabajo tan excepcional. Pasé horas tratando de romper el firewall; controlaban todo a distancia sin ser vistos".

"¿Hay alguna IP que nos lleve a eso?"

"Lo siento", niega con la cabeza. "Entré y salí, borrando su rastro. De todos modos, seguiré trabajando en ello. Si encuentro algo, siempre se deja un pequeño rastro de migajas, sin importar cuán duro se intente borrarlas. Lo bueno de todo esto..." Detiene la imagen del video original. La figura encapuchada sale del ascensor, camina por el pasillo hacia la zona de la piscina, llega a la entrada y entra con una tarjeta de acceso.

"Así es como entraron. Eso explica por qué la mujer de la entrada no tenía registro de entrada".

"Parece que entré con un pase".

"Es más que eso". Taylor amplía la imagen de la tarjeta. "Es una llave maestra".

"Jester, este tipo es o muy bueno o tiene a alguien en las sombras ayudándolo a llevar a cabo su misión".

"Esto se está volviendo más turbio a medida que descubrimos más", agrega Jester. "Dime que tienes una cara de este".

"Verás, tengo y no tengo". Taylor juega con sus manos.

"¡Vamos, deja de admirar a este maldito y suelta la sopa!" Jester lo urge.

"Mira la entrada de vidrio: enfócate más y aumenta los detalles del reflejo, y entonces su rostro aparece algo distorsionado".

Jester se acerca más a la pantalla. Algo de esa forma de rostro sombrío llama su atención.

"Si te acercas más, quedarás ciego", bromea Taylor.

Su memoria comienza a funcionar; tenía una vaga sensación de haberlo visto en alguna parte. Su perfil encaja a la perfección con... Espera, altura, constitución.

"¡Maldita sea!"

"¿Eso? Dime, amigo", Kasey está confundido por la reacción de su amigo.

"Creo que sé quién puede ser".

"¿En serio?" Responden Taylor y Kasey al unísono.

"Taylor, hazme un favor, averigua los datos de cierto Colt Hunter, y los necesito ahora". Exige, "Tú quédate allí si logran encontrar al hacker".

"Sí, ¿a dónde vas, Jester?" Taylor grita mientras lo ve salir a toda prisa de la oficina técnica.

"¡Vamos a ver a nuestro sospechoso!" Jester responde mientras se abren las puertas del ascensor.

COLT

Faltan diez minutos para que Mila salga a almorzar. Estoy ansioso por verla, así que recorto mi viaje un día antes. Ella no sabe nada; quiero sorprenderla, oler su aroma a vainilla, saborear sus labios.

"Sabía que podría encontrarte aquí".

Levanto la vista hacia una voz familiar; oh, el detective. Esto no será bueno.

"Es un país libre, detective. Vine a ver a mi novia", digo secamente.

"Bonito coche", admira mi clásico. Su actitud es sospechosa.

"Gracias. ¿Dijiste que me estabas buscando, detective? ¿Cómo puedo ayudarte?"

"¿Podemos hablar en otro lugar?" Gesticula con la cabeza.

Levanto una ceja. ¿Qué quiere? Lo sigo a un callejón en la otra calle. Se detiene y se enfrenta a mí. No me gusta hacia dónde va esto; mis sentidos están en alerta.

"¿Lo reconoces?" Toma una foto de su chaqueta y me la muestra. Por supuesto, idiota. El de la foto soy yo. Me pregunto cómo diablos conectó los puntos.

"No, ¿debería?" Devuelvo la foto.

Da unos pasos más cerca. Quiere que caiga en su juego, pero no lo logrará.

"Eres condenadamente bueno, lo admito", dice con voz profunda.

"No entiendo a dónde quieres llegar, detective", respondo con ojos afilados.

"Mira, Hunter, no soy un idiota. Sé que el de la foto eres tú".

¿En serio? Y te dije que eras un idiota.

"¿Y?" Estoy totalmente relajado. "¿Tienes alguna prueba de que ese soy yo?" Señalo la foto.

"No, todavía no, pero pronto las tendré. Y cuando las tenga, te juro por Dios que dejarás de jugar al héroe".

Hay un silencio mortal entre nosotros. Es hora de jugar mi juego.

"Mira, detective, creo que te mantendrías alejado de este tipo de asunto. No lo entenderías. Ya sea que encuentres evidencia o no, debes saber que te estás metiendo con fuerzas más allá de tu comprensión. Así que por favor aléjate de mí y de mi novia. Si ella no quiere meterse en problemas".

"¿Me estás amenazando, Hunter?" El detective no tiene miedo; eso lo convierte en un rival digno.

"En absoluto, detective. Simplemente aclaro la situación. No molestes donde no tienes que hacerlo. Ya te lo dije; te encontrarás con un muro muy grande. Ahora, si me disculpas, detective, iré a ver a mi novia, que tiene un buen día".

Me alejo de Harding con las manos en los bolsillos. Tendré que hablar con Victoria y explicarle la situación o me matará. Tomo mi teléfono y le escribo un mensaje.

"Ve a mi casa en dos horas. Es urgente".

Enviar y listo. Llego justo a tiempo para ver a Mila salir con su amiga. Ella es la primera en verme y le da un golpecito para que sepa que estoy aquí. Me busca con la mirada y sonríe. Me acerco a ella y me envuelve en sus brazos. Me sorprende cuando es ella quien me besa esta vez, confirmando que me extrañó.

"Hola, amor", la beso de nuevo.

"Hola", responde, sonrojándose.

MILA

Colt está en la casa, y aquí estoy, con el corazón latiendo como un caballo de carreras. Odio admitirlo, pero extrañé al tipo.

"Dime que me extrañaste", me lanza su mejor sonrisa seductora.

"Nunca", le respondo con una sonrisa burlona.

"Eso duele, ya sabes", resopla.

"Hola, guapo", Marie lo saluda, sin reservas.

"Hola, Marie", responde con un tono sarcástico.

"Bueno, creo que sería mejor si los dejara solos", me guiña un ojo.

"Puedes venir con nosotros si quieres", me ofrece, y asiento.

"No, gracias", le dice Marie, acercándose. "Tienes un rato antes de que regreses, aprovéchalo". Me da un codazo juguetón y sale.

"Déjame verte", levanta mi barbilla con sus dedos, besándome profundamente. Me hace perderme en su boca, luego me suelta.

"¿Qué estás haciendo aquí? Pensé que no vendrías hasta mañana".

Entrelazamos las manos y nos dirigimos al restaurante donde suelo almorzar.

"Y así fue, pero me preocupé cuando me dijiste que tenías que hablar conmigo. Trabajo también".

Cierto, el tipo del otro día. Nos detenemos, y me mira fijamente a los ojos con una expresión seria.

"Mila, ¿qué está pasando?" Me mira de manera extraña, pero con cierta preocupación.

"Un hombre extraño apareció cuando estaba entrando al hotel. Sabía mi nombre y, cuando le pregunté qué quería, dijo que solo quería conocerme".

"¿Dices que no conoces al tipo que se te acercó?"

Sacudo la cabeza.

"¿Cómo era? ¿Recuerdas?"

"Sí, alto, con una cara que grita poco amigable, ojos oscuros". Recuerdo un detalle. "Tenía una cicatriz en la cara".

Colt parece alarmado, los ojos se le abren, como si reconociera al tipo. ¿Qué está pasando?

"¿Lo conoces?" Lo miro a los ojos.

"No, solo estoy pensando".

Su respuesta es confusa. Siento que me está ocultando algo. Toma mi mano, besa mis nudillos, luego acaricia mi rostro con la punta de su dedo.

"Prométeme una cosa. La próxima vez, si ese tipo aparece de nuevo, me lo harás saber de inmediato".

¿Eso? Espera, ¿qué está pasando?

"Colt, ¿todo está bien?"

"Sí", suspira. "Por favor, no me mientas".

"Espero que no sea nada, pero por si acaso, sería mejor notificar a la policía".

Esto me está alarmando.

"No entiendo qué está mal", insisto.

"Creo que podría ser un ex empleado con el que tuve problemas hace mucho tiempo. Lo arrestaron por fraude, y mis jefes lo despidieron. Pero me culpa por lo que le pasó. Eso es todo".

Parece nervioso, y siento que no me está contando toda la verdad.

"No me respondiste, Mila". Pone sus dedos debajo de mi barbilla, levantando mi rostro para encontrar sus ojos. "Prométeme que correrás y que me llamarás".

"Lo prometo".

"Creo que tendré que dejarte, cariño. Iré a hablar con la policía para revisar esta situación".

"Está bien".

"Vendré por ti de noche".

Se despide con un beso y se dirige a su auto estacionado. Mientras hago mi pedido, espero con paciencia. Mi cabeza da vueltas, y me muerdo el labio. Saco mi teléfono de mi bolso y busco en mi lista de contactos. Tomo una respiración profunda. No quería hacer esto, pero no tengo opción. Siento que Colt me está ocultando más cosas de las que me está dejando ver. Llamo, y al cuarto timbre, responde.

"¿Mila?"

"Hola, mamá".

COLT

Salgo del ascensor, atravieso el pasillo y localizo el número de habitación, "215". Toco, y la puerta se abre en segundos. Cole se hace a un lado, y entro.

"No esperaba verte", dice, claramente sorprendido.

Examino rápidamente el lugar. Todo está ordenado, típico de un ex militar condecorado.

"¿Me vas a decir quién es el idiota que te enojó?" Me ofrece un trago de ron, que me tomo de un solo sorbo.

"¿Cómo sabes que estoy molesto? ¿Cómo pudiste darte cuenta?"

"No molesto", me corrige, "cabreado es la palabra que mejor te define en este momento. ¿Qué sé yo? Tienes ese aire como si quisieras matar a alguien en este momento".

"Efectivamente, sí. ¿Sabes dónde está Mike?", pregunto con tono directo.

"No", levanta una ceja, "¿qué hizo?"

"El hijo de puta se atrevió a acercarse a Mila", escupo con toda la ira que puedo reunir. "¡Cole sabe de ella!" grito. "Eso significa que ha estado dos pasos por delante de mí todo este tiempo y no me he dado cuenta".

"Mierda", murmura.

"¡Eso es! Maldita sea", lanzo el vaso contra la pared y se hace añicos. Me enfrento a mi mentor. "Si estás aquí para detenerlo, más te vale hacerlo, porque la próxima vez, será él el que tenga una bala en la cabeza. Pero esta vez, no acabará como yo en una cama de hospital en coma", le advierto.

Me dirijo a la puerta y la cierro de un portazo detrás de mí.

"¡Colt!"

Lo oigo gritar, pero no me detengo. Entro en el ascensor; ahora tengo que hablar con mi hermana.

Victoria me está esperando, sentada en el banco de la cocina con las piernas cruzadas. Sus tacones a juego con su traje; siempre le ha gustado coordinar su ropa. Nos abrazamos.

"Sé que todo salió perfecto como siempre".

"Esa parte, sí. La otra parte, no tanto. Veo que has saqueado mi refrigerador", le digo, notando el envase de helado.

Hace una mueca.

"¿Qué es lo que querías decirme con tanta urgencia?"

"Tengo dos problemas. ¿Cuál eliges primero?", saco una buena cantidad de chispas de chocolate con mi cuchara.

"Elijo la 'A'", responde.

"El detective Harding me confrontó hoy mientras esperaba a Mila".

Victoria suelta la cuchara.

"¿Qué pasó?", pregunta muy atenta.

"Le dije que se mantuviera alejado. Dejé claro que esto va más allá de lo que él puede manejar".

"Eso significa que ha estado haciendo bien su trabajo. De lo contrario, no habría llegado a ti. Déjame encargarme de Harding; lo pondré en su lugar por ti, hermanito".

"Confío en que lo harás. Sé muy bien lo persuasiva que puedes ser".

"Como no tienes idea, Colt", responde con aire altivo. "¿Y el problema 'B'?"

"Mike se acercó a Mila".

Mi hermana se tensa de inmediato, se levanta y camina de un lado a otro. No me había dado cuenta hasta hoy de que este gesto podría correr en la familia.

"Ese maldito te está provocando. Seguramente te ha estado observando; de lo contrario, no habría sabido de tu novia".

"Victoria," le frunzo el ceño. Sé que lo odia más que yo por lo que me hizo. Hubo un momento en el que fue tras él para vengarse por dispararme, pero se rindió cuando empecé a recuperarme.

"Vic," me acerco a ella y le cojo la cara entre las manos. "Oye, mírame." Ella me mira.

"Tienes que desaparecer," agrega finalmente. "Notificaré al director; me encargaré de todo."

"¿Eso? ¡No, no, no, espera!" La detengo.

"¡Colt, por el amor de Dios! La policía te está buscando; Mike ya sabe lo de Mila. Ella podría ser tu talón de Aquiles. No puedo permitir que ese bastardo te lastime de nuevo." Está desesperada. "¡No puedo!" Las lágrimas comienzan a correr por su rostro y la abrazo.

"Tranquila, Vic. Nada va a pasar. Oye." Con los dedos, le seco las lágrimas. "No me voy a ninguna parte." Se aleja de mí y hace un gesto con la cabeza. "Victoria, escúchame. Necesito tiempo para decirle la verdad a Mila."

"¿Qué quieres decir?"

"Lo que intento decir es que si me quedo o me voy depende de ella. Una vez que le diga la verdad, si decide quedarse a mi lado, me la llevaré conmigo. Y si no..." Me encojo de hombros. Sé que estoy arriesgando mucho.

"¿Me estás diciendo que si te quedas o no depende de si ella decide que, a pesar de lo que hagas, vale la pena quedarse a tu lado? ¿No estás arriesgando demasiado tu vida? Disculpa, Colt, pero no voy a apoyarte en tu idea estúpida."

"Aquí, el que decide sobre mi vida soy yo, Victoria. No lo olvides," le espeto. "No me importa si te gusta lo que hago o no."

"¡Perfecto! ¡Haz lo que quieras, como siempre! Te seguiré en este juego tuyo." Agarra su bolso y se dirige a la puerta. "Me encargaré del detective; tú intenta estar alerta y no llamar demasiado la atención." Cierra la puerta de un portazo; está enojada, pero se le pasará.

MILA

Es la segunda vez que vengo a su apartamento. Colt se encargó personalmente de preparar la cena. Me sirvió una copa de vino tinto para acompañarla. No quería hacer el ridículo bebiendo demasiado. Cuando terminamos de cenar, me levanté primero para recoger los platos.

"Déjame que los lave," digo con una sonrisa.

"De acuerdo," dice con calma.

Recojo los utensilios y los vasos. Siento su mirada sobre mí mientras lavo un plato. Su aliento está en mi cuello; sus manos rodean mis caderas. Me besa suavemente la parte posterior del cuello; su aliento me hace cosquillas.

"¡Oye! Déjame terminar de lavar los platos," me río, ahora jugando con pequeños mordiscos en mi hombro.

Enjuago el último plato y lo pongo en el escurridor.

"¿Ya terminaste?" Todavía está pegado a mi espalda.

"Sí."

"Bien." Pone sus manos sobre mis ojos para que no pueda ver.

"¿Qué estás haciendo?"

Noto que me guía; no veo absolutamente nada. No sé a dónde me está llevando.

"Un poco más, cuidado con el marco", me advierte. "¿Listo?"

"Sí."

Quita sus manos. En el piso del balcón, hay una especie de cama perfectamente arreglada en blanco, rodeada de velas encendidas.

"Es hermoso", digo emocionada.

"Sabes", sus manos acarician mis brazos de arriba abajo, me besa en el cuello de una manera emocionante, "siempre creí que mirar las estrellas con tu pareja era algo muy cursi. Honestamente, no soy un hombre que normalmente haga ese tipo de cosas".

"¿De verdad?" Me doy la vuelta y lo miro a los ojos.

Asiente en silencio.

"Mila, me haces hacer este tipo de cosas ridículas", confiesa.

Doy una risita melosa.

"No me mires así; es en serio", me dice con el ceño fruncido. "Mila, trago saliva; te amo, y tú eres el lugar donde quiero estar por el resto de mi vida".

Estoy tratando de no llorar. Colt está siendo honesto conmigo; por primera vez, me está diciendo lo que siente su corazón.

TRECE

El detective entra dando vueltas en el bar de mala muerte al lado de la comisaría, le hace una reverencia imaginaria al cantinero y exige una taza de café negro con un toque de rebeldía y tres azúcares.

"Harding, esa adicción al café tuya será tu muerte", comenta ella, sus palabras goteando con veneno juguetón.

"Deja que la muerte se preocupe por sí misma, John. Solo sírveme ese néctar líquido, ¿quieres?" Sonríe, aceptando la humeante taza del cantinero. Sentado junto a la ventana, mira su teléfono, solo para encontrar un par de tacones rojos que se acercan a su mesa. Sin levantar la vista, desestima a la dueña de esos zapatos de lujo.

"Disculpe, estoy ocupado aquí", dice, aún fijo en su teléfono.

"Sé que estás ocupado, Detective Harding", responde una voz sensual.

Jester levanta los ojos, con una mezcla de confusión y curiosidad en su rostro. La chica frente a él, con las uñas pintadas de rojo y las pestañas batiendo a la perfección, levanta una ceja.

"Supongo que no está aquí por el café", comenta sarcásticamente, dejando a un lado su teléfono.

"¿Donut, Detective?" lo provoca, inclinando la cabeza con una sonrisa astuta.

Jester da un sorbo a su café, imitando su postura.

"¿Por qué asumir que tengo un dulce paladar? ¿No es ese el cliché del desayuno de los policías?" Contraataca, jugando el juego.

Harding suspira, sin romper el contacto visual.

"¿Cómo puedo ayudarte?" pregunta, su mirada inquebrantable.

La chica produce una identificación, y Jester no puede evitar esbozar una sonrisa.

"Vaya, corrección. ¿Cómo puedo ayudar a un asesor de inteligencia?"

Victoria se acomoda, golpeando sus uñas sobre la mesa.

"Es simple, Detective", su expresión se vuelve amenazante, "aléjate de los casos de Bancroft y Colt".

Jester se ríe con ironía, enfrentando su desafío de frente.

"¿Una verdadera broma? ¿Por qué debería escucharte?" desafía.

Ella no retrocede, encontrando su mirada con una sonrisa burlona.

"Tiene agallas, Detective. Le daré eso", admite, con una sonrisa jugando en sus labios, "pero camina con cuidado con el Sr. Hunter. Está jugando con fuerzas más allá de tu jurisdicción. Déjalo hacer lo suyo, o..."

"¿O qué?" Jester golpea una mano sobre la mesa, una amenaza en su gesto.

"O podrían quitarte la placa. Eso es todo", afirma con una sonrisa burlona, levantándose con gracia, "que tengas un buen día, Detective".

Mientras se va, Jester no es alguien que se intimide fácilmente. La sigue afuera, donde un hombre le sostiene la puerta como un chofer. Jester se mueve para intervenir, pero Victoria lo detiene.

"Déjalo, Max", ordena, su voz con un tono melódico, "nuestro amigo aquí parece un poco agitado".

Max asiente, haciéndose a un lado. Jester sonríe con sarcasmo.

"¿Inteligencia o realeza mafiosa?" bromea, y ella responde con una sonrisa fría.

"¿Crees que no notaría la conexión con mi sospechoso? Déjame adivinar, ¿lazos familiares? ¿Crees que soy lo suficientemente estúpido como para no ver que tu identificación comparte el mismo apellido?" Desafía, acercándose más, sus alientos casi tocándose. Jester se niega a retroceder, especialmente de una mujer que ha captado su atención pero que no lo admitirá.

"Escucha, Harding. Estás entrando en aguas desconocidas. No me repetiré", advierte, su tono ahora más amenazante.

"¿Tu hermano es en serio?" Jester pregunta, recibiendo una sonrisa de lado.

"Deja a Colt en paz", su tono se vuelve más siniestro.

No espera una respuesta, deslizándose en su auto esperando que ronronea a la vida. Jester murmura: "Qué hermana tienes, Hunter".

Mike mira el granero en ruinas con una sonrisa nostálgica, deleitándose con el momento. Su objetivo: terminar lo que comenzó hace mucho tiempo. Acaricia la cicatriz en su mejilla, un recuerdo de su último encuentro con Colt. El hombre sonríe maliciosamente.

"Es una lástima, una mente tan prodigiosa desperdiciada de esa manera", se encoge de hombros, dirigiéndose a uno de sus hombres, "Que comience el juego. Infórmame cuando hayan terminado con el chico". Mike se aleja en silencio.

La alta figura gesticula, los hombres armados descienden, con pasamontañas en su lugar. Las cadenas en la entrada del cobertizo caen y se infiltran.

La alarma de movimiento alerta a Nick, quien entra en acción. Sus dedos bailando en su computadora, enfoca la cámara en los intrusos. Sus ojos se abren ante la vista de hombres armados que irrumpen en su perímetro.

"¡Mierda!" Murmura, tecleando furiosamente. Aparece una cuenta regresiva en la pantalla. "¡Mierda, mierda, mierda!" Nick se apresura escaleras arriba, asegurando su computadora portátil y tableta, agarrando un arma de un compartimento oculto. Otra explosión hace eco, la adrenalina bombeando. Se dirige a la pared, escaneando su huella digital, revelando un escondite de efectivo, granadas y explosivos. Toma las llaves.

"¡Ahí está!" Gritan los invasores.

Nick asoma la cabeza por la barandilla, despachando a dos intrusos sin esfuerzo. "El entrenamiento da sus frutos", sonríe. Se escuchan disparos y lanza una granada de humo, abriéndose paso rápidamente hacia la salida. "¡Cómete esto!" grita, desatando el caos. Sus computadoras en llamas, se aleja a toda velocidad en su motocicleta.

COLT

Mila, acurrucada contra mí, usa mi pecho como su acogedor refugio. Mis dedos bailan sobre su rostro; podría saborear este momento eternamente. Es el yo real, la versión suavizada que surge en la proximidad de mi chica. Las vibraciones de mi teléfono despiertan a Mila, y sus ojos avellana se abren.

"Buenos días, hermosa", la saludo, plantando un beso en ella, y ella sonríe.

"Buenos días. Tu teléfono está dando una fiesta", dice, envolviendo su brazo alrededor de mi cuello, besándome de vuelta. "Dame un momento; la naturaleza llama", se estira como un felino, su vientre haciendo una breve aparición. Me inclino, dándole un mordisco juguetón. "¡Oye!" ella se ríe.

"Adelante. Cuidaré de mi celular. Más vale que no sean alertas de nerd", bromeo, sosteniéndola cerca, plantando un beso en su hombro antes de dejarla ir. Recuperando mi teléfono, murmuro "Nerd" con una sonrisa. "Más vale que sea crucial", advierto.

"¡SALGAN DE AHÍ AHORA!" La urgencia en la voz me pone en alerta máxima. Me dirijo a mi habitación, ladrando "¡Habla más alto!" mientras tecleo mi contraseña en la pared de mi armario.

"Mi ubicación está arruinada. Volé el lugar. Un montón de matones irrumpieron, sedientos de mi cabeza. Notifiqué a la sede. Nos reagruparemos en una casa segura. Enviándote las coordenadas. Apresúrate".

Termino la llamada, mi compartimento secreto se abre. Tomo mi bolsa, cargándola con un arsenal.

"¿Colt?"

Maldita sea, que Mila se entere de esto no era parte del plan. La miro; ella está armada.

"¿Por qué la artillería, Mila?" Ella mira más allá de mí, con los ojos muy abiertos. "¿Estás escondiendo un arsenal ahí atrás?" suelta.

"Mila", me acerco, pero ella levanta las manos, haciéndome señas de que mantenga la distancia. "No hay mucho tiempo para hilar historias. No quería que lo descubrieras así".

"¿Explica, Colt?"

Sorprendentemente compuesta, no está desatando un huracán de furia como la mayoría de las mujeres. Debe ser la influencia de su madre.

"Cariño, soy un tipo de la agencia, ¿de acuerdo?"

"¿Mentiste?"

"Mila, no hay tiempo para los detalles. Tenemos que irnos", tomo mi bolsa, vaciando el contenido de mi escondite secreto.

"No puedo creer que me hayas estado alimentando con mentiras", se queja.

"Nena", me acerco, acariciando su rostro, "te amo. Juro que te contaré todo, pero ahora tienes que confiar en mí. Unos tipos desagradables se acercan", gesticulo con fuerza, agarrando una de mis chaquetas.

"¡Fantástico!" Corre hacia la sala de estar, y la sigo, agarrando su bolso.

"¡Espera!" grito cuando abre la puerta, estalla el tiroteo y ella la cierra rápidamente.

Me lanzo sobre ella, protegiéndola con mi cuerpo.

"Te lo dije", le digo, mirándola. "Quédate quieta, ¿de acuerdo?"

Agarrando mi arma, asomo la cabeza por la puerta, los disparos vuelan. Un atacante cae; el otro está acorralado.

"¡COLT!"

La voz de Mila me devuelve; la ventana del balcón se rompe, otro matón se desliza por una cuerda, disparando. Me ruedo, me escondo detrás de una silla junto a Mila, robándole un beso rápido.

"Confía en mí; este no era el plan".

"¿Ah, sí?" responde con sarcasmo.

Las balas silban a nuestro alrededor.

"¡El salón del diablo! Están destrozando mi lugar", murmuro, contando mentalmente las balas, esperando el momento oportuno.

"Te están apuntando a nosotros, ¿y tú te preocupas por tu apartamento?" se asombra.

Sonrío, luego lo escucho: el sonido de la rotura de mi ventana.

"Bueno, mi amor, sostén esto", le entrego el arma y me lanzo a sus labios, un hambre desatada. Salto por encima del sofá, alcanzando al intruso. Lo agarro del cuello, lo golpeo con la rodilla y lo arrojo al abismo. Se escucha un disparo, congelándome. Me vuelvo; Mila está frente a mí, sosteniendo mi arma. Un atacante se desploma, sangre en sus manos temblorosas.

"Shhh", la envuelvo en mis brazos, depositando un beso suave en su frente.

"Yo... Estaba a punto de perder el control".

"Shhh, todo está bien. Yo me encargo", aprecio su protección, instándola: "Vamos", mientras tomo las llaves de mi coche.

Descendemos las escaleras con cautela y nos subimos al Mustang.

MILA

Estoy desesperado por limpiar la sangre de mis manos. Colt mira el compartimento, me lanza un paquete de toallitas. Froto vigorosamente, aún luchando con el borrón de violencia. Una mirada de reojo a Colt revela que está escaneando la carretera con indiferencia. El hombre que quitó vidas sin esfuerzo hace unos momentos, ahora circula como si fuera un paseo tranquilo del domingo. Mi estómago se revuelve; es un contraste grotesco, incluso si la realidad es difícil de concebir.

"Si estás preparando una tormenta de odio, suéltalo", murmura Colt, apretando el volante con los dedos.

"El odio no es mi sabor, pero Colt, estoy hasta las rodillas en confusión. Las emociones son un revoltijo caótico", admito, luchando con las consecuencias de su revelación.

"Lo siento por la rutina de capa y espada", dice, casi con tono de disculpa.

"¿Lo sientes? ¡Me alimentaste con un guión de mentiras, Colt!" Levanto la voz, la frustración burbujea.

Tengo ganas de estrangularlo. Sin embargo, mis pensamientos están enredados; detesto el engaño, pero aquí hay algo más complejo. Frena bruscamente y el coche se detiene de golpe. Fija su mirada en mí.

"¿Cuál es el plan?" Suelto.

"Matrimonio", declara.

Abro la boca y luego la cierro. "¿Qué?" Lo miro incrédula.

"Sí, me has oído. Mila, cásate conmigo", propone, sonriendo como si acabara de tirar una mano ganadora.

CATORCE

MILA

"¿Mila?" Sus ojos fijos en la carretera, luego parpadean hacia mí con expectativa.

"¿Estás loco?" Respondo, perpleja.

"En serio", replica, arqueando una ceja.

"Sí, un poco", respondo con un gesto despreocupado del dedo.

Resoplo. ¿Casarme con alguien cuando ni siquiera conozco toda la historia? ¡Espera! ¡Ni siquiera sé a dónde se dirige este viaje!

"Aparca, Colt, por favor", bajo la voz.

Podría llorar por la frustración que me carcome.

"¿Qué?" Me mira. "Nunca respondiste".

Le he pedido que detenga el coche, ¿y qué hace? Claramente, está intentando cualquier truco para eludir el problema.

"¡DETÉN EL MALDITO COCHE, COLT!" Mi voz se eleva.

Golpea con la palma abierta el volante, se desvía a un lado y aparca cerca de algunas tiendas.

"¿Cuál es tu problema, Mila? Solo quería saber si estás dispuesta a dar el salto o no".

"Oh, seguro, Colt, muy romántico de tu parte esquivar la charla real, gracias", replico con sarcasmo. "¿Quieres mi respuesta?" Lo miro con furia.

"Por favor", dice, exasperado.

"No", replico, seca y firme.

Me mira en silencio.

"Proponer no borra el hecho de que me has estado alimentando con una línea de mentiras", suelto.

"¿Quieres la verdad?" La frustración le marca el rostro; parece estar a punto de perder el control. No me importa, siempre y cuando lo suelte todo.

"Preferiblemente sí, por favor", ruedo los ojos, "empieza con el hecho de que tu accidente no fue un percance automovilístico". Me acomodo, notando una sonrisa burlona en sus labios.

"¿Me investigaste?"

Fantástico. Ahora él es el ofendido después de todas sus mentiras.

"No tuve más remedio", me encojo de hombros, "sentí que no estabas soltando toda la verdad cuando mencioné al tipo que me seguía el otro día después del trabajo".

"No confíes en mí", murmura, mirando hacia otro lado. "Culpable como acusado. Pero lo que siento por ti es real".

Sus ojos suplican que le crea. Decido darle el beneficio de la duda.

"¿Recuerdas nuestra primera cita?"

"Sí".

"¿Recuerdas cuando bromeé sobre ser una asesina a sueldo?"

Toco mi boca, recordando. En ese momento, me estaba poniendo a prueba. Era cierto, pero lo desestimó como una broma, probablemente evaluando mi reacción.

"Antes de que saques conclusiones, déjame decirte que ese era mi trabajo antes del accidente. No soy el único que hace esto. Mi mentor tenía dos estudiantes: yo y Mike, el tipo que se te acercó".

"¿Qué pasó?" Pregunto, manteniendo la calma.

"Estaba en un trabajo, eliminé a un fiscal que molestaba a un líder mafioso. Hice el trabajo, lo maté. Pero cuando me iba, Mike apareció, me disparó en la cabeza. Competencia, más por celos u obsesión, llámalo como quieras. Rompió las reglas".

"¿Tienen reglas? Increíble", me burlo.

"No te burles de mí", me fulmina con la mirada y trago saliva.

"¿La cicatriz en su rostro? Se la hice yo. Apenas estaba consciente cuando le disparé".

"¡Dios mío!"

"Estuve en coma durante dos semanas y tres días. Cuando desperté, el director de la agencia de inteligencia, el jefe de mi hermana, me estaba esperando. Dejé de trabajar para ellos después de eso. Hago lo que las leyes generalmente no pueden cuando alguien se escapa de la justicia o cuando el sistema falla".

"¿Como una especie de verdugo?"

Él asiente. No puedo creerlo: Colt es un asesino profesional, un verdugo. Miro al frente, con los brazos cruzados.

"Di algo, por favor", me implora.

Tomo mi bolso del asiento trasero y abro la puerta.

"Necesito estar sola un rato", digo finalmente.

"¡Mila!"

Salgo del coche; mi orgullo está en el suelo. Todo da vueltas, las lágrimas recorren mis mejillas. Mi novio es un asesino a sueldo con el aval del gobierno que trabaja en las sombras. La bilis sube mientras vomito, probablemente por la adrenalina. Me pongo la capucha y me alejo caminando bajo la lluvia.

Colt

La casa segura asignada, a unos kilómetros de distancia, aparece enmarcada por un lago sereno.

Aparco el coche en la entrada, mi hermana me espera impaciente. Corre hacia mí, el alivio grabado en su rostro.

"Me alegro de que estés bien", dice, abrazándome.

"Entero."

"Vamos."

Dentro, Nick baja las escaleras.

"Sabes que me debes una casa nueva, ¿verdad?" dice con ojos afilados.

"¿De verdad?" me mofo de la inocencia.

"Mira por ti mismo", replica.

Mi hermana me levanta una ceja.

"Lo siento, no se les avisó a los limpiadores. Espero que no hayas dejado nada", comenta Nick, revisando los muebles de la cocina.

"¡Ray!"

"Está bien. Agarré todas mis armas y las metí en mi bolsa cuando Nick me avisó. No encontrarán nada más que un lugar vandalizado".

"Porque tendrás que mostrar tu cara. Ponte tu mejor actuación digna de un Oscar. Hablaré con el director".

Nick se ríe, vertiendo leche sobre su cereal. Victoria agarra su bolso y las llaves del coche.

Kasey tiene esa sonrisa de suficiencia pegada a la cara mientras Jester entra por la puerta destrozada. Los forenses están haciendo su trabajo, levantando cuerpos y recogiendo pruebas, convirtiendo el lugar en una escena del crimen caótica.

"Parece una maldita zona de guerra", murmura, mirando el vidrio roto en el suelo, y luego lanzando una mirada a su compañera. "¿Por qué demonios estás sonriendo?"

"¿No puedes averiguar de quién es este lugar?" Jester levanta una ceja escéptica.

"Mío", responde una voz familiar desde atrás.

Los detectives evalúan al dueño de la casa, con las manos en los bolsillos, dejando caer casualmente su bolsa en el mostrador de la cocina.

"Mierda", murmura Colt, examinando los destrozos.

"¿Y simplemente me vas a dejar con la idea de que esto no es obra tuya?" dice Jester con sarcasmo, pero Colt lo ignora, rebuscando entre el desorden. Jester está harto de este débil juego de Colt.

"Hazme un favor, Kasey", le indica a su compañera, sin apartar los ojos de Colt. "Despeja la habitación, por favor".

Su compañera asiente, haciendo salir a todos, dejando a Jester solo con el caos. Se acerca a Colt.

"Supongo que tienes algo que soltar, detective, o no habría echado a los investigadores", dice Colt, aún concentrado en el vidrio roto.

La paciencia de Jester se agota. Con un movimiento rápido, agarra la camisa de Colt, lanzando una lluvia de preguntas.

"¿QUÉ DEMONIOS ESTÁS TRAMANDO, HUNTER?"

Colt no parece molesto. Se sacude el agarre de Jester.

"Mira, Harding, no estoy de humor para tus pesquisas ahora mismo", dice fríamente, con ojos amenazantes. "Sabes todo lo que necesitas saber. Vinieron a por mí".

"¿Quién demonios vino a por ti?" exige Jester, considerando dar un paso atrás.

"Alguien que está maldita molesto de que todavía esté respirando".

Un tenso silencio cuelga entre ellos.

"¿Cómo está Mila? ¿Estaba contigo cuando pasó esto?" Jester pregunta de repente.

Colt se estremece al mencionar a ella.

"Todo lo que necesitas saber es que ella está bien", espeta.

No aprecia que Jester se entrometa en su vida personal.

MILA

Miro por la ventana, mordiéndome el labio. Mi cabeza está dando vueltas. De todos los hombres, ¿por qué tenía que ser él? ¿Es el destino? Disfruta jugando a los dados con los corazones de las personas, y lo odio por hacerme esto.

Tomo mi sudadera del armario, me la pongo, salgo a la calle. La lluvia cae en mi rostro mientras miro hacia el cielo. Cruzo la acera y comienzo a correr, sin saber a dónde voy, siguiendo a mi corazón. Late en mi pecho. Quiero que los recuerdos de Colt dejen de golpearme, pero con cada paso que doy, tomo una respiración y lleno mis pulmones. Estoy locamente enamorada de un tipo que mata gente, que trabaja para una agencia sombría. Soy una completa idiota. Pero no puedo estar lejos de él por mucho tiempo.

Me detengo frente al lago del parque, mi corazón late con fuerza.

"¡TE AMO, COLT!"

Grito al aire, derramando mis sentimientos. Algún extraño aplaude detrás de mí, y mi cuerpo se tensa, sintiendo peligro.

"Muy conmovedor", dice la voz masculina.

Me doy la vuelta y encuentro esa cicatriz que llamó mi atención antes. Trago saliva con dificultad.

"Corre", creo escuchar la voz de Colt.

Intento, pero alguien bloquea mi camino, agarrándome a la fuerza.

"¡AYUDA!" grito.

La persona que me agarra la cintura me da un golpe poderoso, mareándome. Ardo de dolor. Toma mi rostro con la mano.

"Es una lástima que una cara bonita como la tuya esté marcada. Acostúmbrate a ello. Yo lo hice", se burla, señalando la cicatriz.

"¿Por qué estás haciendo esto? ¿Qué le hizo Colt a usted?" logro decir, luchando por respirar.

Lo último que veo antes de desmayarme es su sonrisa siniestra.

COLT

Arrojo el resto del vidrio en la bolsa, hago un nudo y lo agrego a los demás.

"Creo que necesitarás un apartamento nuevo", interrumpe la voz de Cole.

"De todos modos, estaba pensando en comprar una casa", respondo.

"Tu hermana me dio un anillo".

Frunzo los labios. ¿Por qué no me sorprende? Dejo a un lado la escoba y lo miro.

"¿Tienes alguna idea de dónde podría estar?" pregunto.

"Se mueve mucho. Tiene un viejo sótano, pero solo su gente lo sabe. Hasta ahora, no lo han delatado", dice, levantando el sofá y volviéndolo a colocar en su lugar. "Lástima, tenía una buena tapicería".

"Te lo daré si quieres", ofrezco.

"Oh, gracias. Me encantaría un sofá con agujeros de bala en nuestra sala de estar".

"¿Qué le da un toque decorativo?", me encojo de hombros. Mi teléfono suena, mostrando un número desconocido.

"¿Hola?", respondo.

"Hola, hermano", llega esa maldita voz.

"Dex", respondo, desprovisto de cualquier emoción.

QUINCE

COLT

"¿Qué pasa con el Dex, eh?", lo provoco.

"Oye, tu chica es toda una bomba".

El aire se escapa de mí y, por primera vez, estoy genuinamente perturbado.

"¡Maldita sea!", maldigo, sin importarme si me escucha.

Se ríe al otro lado, luego un grito, la voz de Mila, hace que se me hiele la sangre. El maldito tiene a mi chica.

"¿Escuchas eso, Colt?"

Toda la ira y la oscuridad de mi alma se desatan. Cierro los ojos; necesito concentrarme.

"¿Cuál es tu juego?", le pregunto, las palabras afiladas.

"Para ti, es pan comido, Colt. Terminamos lo que empezamos. Un intercambio: ella por ti. Vienes a mí y te entrego a tu chica. Sencillo".

"Acepto".

"¡No!", susurra Cole, haciéndome señas para que me eche atrás.

Demasiado tarde. No puedo dar marcha atrás. Toda la ira y la oscuridad dentro de mí han salido.

"Perfecto. ¿Ves? Sólo tenías que decir que sí", dice con voz melodiosa. "Te enviaré la dirección, sólo tú y yo, hermano".

"Dex", digo antes de cortar. "Te juro que voy a acabar contigo". Finaliza la llamada.

"Hijo, estás caminando directo a su trampa, lo sabes", me mira Cole con enojo.

Necesito pensar, no hay tiempo que perder. La vida de Mila pende de un hilo. Un movimiento en falso y se habrá acabado. Conozco a Dex; no dudará en acabar con ella. Ahora no puedo darme ese lujo. Me rasco la nuca, camino de un lado a otro y luego me detengo abruptamente, mirando a Cole.

"Esa mirada me dice que tienes una idea".

"Maldita sea que sí. Tu francotirador, ¿lo tienes listo?", pregunto.

Cole tiene una sonrisa de oreja a oreja.

"Sabes que siempre está cargado y listo".

Tomando mis llaves y la dirección que Dex acaba de enviar, se las lanzo a Cole.

"Te enviaré la dirección. Voy a hablar con mi hermana".

"Entendido".

MILA

El agua fría me envuelve; toso violentamente, liberando lo que se me forzó a tragar por la nariz y la boca.

"¡Maldito bastardo!", escupo.

"Cariño, deja de hacer eso", ordena su jefe al grandulón rubio que sostiene el balde. Se va, cerrando la puerta detrás de él.

Mi cuerpo tiembla de frío; la ropa empapada, los pies congelados. Mike toma una silla, la coloca frente a mí, se sienta y enciende un cigarrillo; el humo del tabaco llega a mi rostro.

"¿Por qué estás haciendo esto?", logro decir, la voz amortiguada por el frío.

"¿Por qué? Mi madre era una chica trabajadora. Nunca supe quién era mi padre entre sus clientes. Desde muy joven, tuve que valerme por mí mismo. La policía encontró a mi madre muerta por una sobredosis cuando tenía alrededor de catorce años".

No puedo creer que un niño tan joven tuviera que soportar eso. Es horrible.

"Un año después, estaba en una pandilla haciendo trabajos para la mafia. Conocí a un hombre que trabajaba para ellos; ya sabes, les llaman sicarios, asesinos a sueldo profesionales".

Pregunto, anticipando la respuesta, "¿Qué tiene eso que ver contigo y Colt?"

Apaga su cigarrillo, reclinándose.

"Todo. Braxton Cole nos enseñó, tanto a mí como a Colt". Se levanta, caminando a mi alrededor. "Colt llegó un día, mi maestro lo trajo, estaba ensangrentado". Se ríe. "Nunca vi nada igual en alguien. ¿Sabes cuál es la diferencia entre él y yo?"

Niego con la cabeza, escuchar todo esto hace que mi cuerpo tiemble aún más, las lágrimas corren por mi rostro.

"El maldito es un asesino nato, lo tiene en la sangre", finalmente dice. "Lo supe en cuanto lo vi ese día que mi maestro lo trajo, sus ojos... ¡maldición! Nunca olvidaré esa mirada sangrienta. Es un asesino nato, ¿entiendes? Después de unos años, Colt se convirtió en el favorito del maestro; le daban los trabajos más duros y los ejecutaba a la perfección, sin errores como debería ser". Pone sus manos sobre mis hombros, puedo sentir su aliento en mi oído. "Pero yo conseguía los contratos pequeños, los fáciles, los que te pagan una miseria. Cuando me quejaba, el maestro decía que me faltaba control, que perdía el temperamento con demasiada facilidad. Colt siempre fue el asesino perfecto; ahora lo entiendes, ¿verdad?"

"¡Tú eres el que lo hirió ese día. ¡Por tu culpa terminó en coma!"

"Sí, ese día", dice con calma, permaneciendo de pie frente a mí. "El maldito tuvo suerte. Debería estar muerto. Lo hice volar por los aires, pero es un tipo duro. Hizo lo que me hizo a mí". Señala la cicatriz de su rostro.

Una risa histérica se escapa de mi garganta.

"¿Qué es tan gracioso?"

"Sabes", no puedo dejar de reír. "Cuando venga a por ti, vas a suplicar por tu vida". Le escupo en la cara y él me abofetea.

COLT

"¡No!"

Mi hermana camina como una mujer poseída.

"Vic", me acerco, sosteniéndola contra mí. "Ambos sabemos que no hay otra manera. Es la mejor oportunidad que tengo".

"¿Sabes siquiera lo que me estás pidiendo?" Dice, con lágrimas en los ojos.

"Escúchame", acaricio su rostro. "Necesito tu ayuda. No puedo hacerlo sin ti. Sabes tan bien como yo que es la mejor opción".

Ella se seca los ojos y toma una respiración profunda.

"Lo que estás planeando es una locura".

"Esto tiene que terminar, Vic. Es lo mejor para todos, para mí. Si quiero que ella esté a salvo, necesito que esto termine de una vez por todas".

"Lo haces por ella, no lo haces por ti mismo", dice, mirándome con sus largas pestañas.

"Lo hago por los dos", respondo y le entrego un papel. "Necesito que vayas y hables con Harding".

"¿Qué?" Ella toma el papel y lo lee.

"Dáselo, dile que tiene que ser puntual".

"Está bien", responde. "Le diré al director lo que vas a hacer; prepararé todo". Mira hacia el lago. "Deberías hablar con él".

Señala a Nick, que está tirando piedras al agua. Lo beso en la mejilla y la abrazo en mis brazos.

"Te amo, hermanita", digo finalmente.

"Yo, a ti".

Me acerco a Nick en silencio y me paro a su lado, mirando la ondulación en el agua.

"Siempre supe que estabas loco", dice cuando recoge una piedra a lo lejos.

"Lo sé".

Deja de hacer lo que está haciendo y se mete las manos en los bolsillos y suspira.

"¿Qué necesitas que haga?" Me mira.

Una sonrisa maliciosa se dibuja en mis labios.

Jester estaciona su vehículo en el garaje de su hermana, contemplando la idea de vivir sola varias veces. Pero, la idea de dejar solo a su sobrino cambia de opinión. La oscuridad llena la casa; ella enciende un interruptor, revelando una figura recostada en un sillón. Rápida al gatillo, Jester apunta con su arma.

"Irrumpir en lugares, tu especialidad, ¿eh?"

Una sonrisa astuta adorna los labios de Victoria mientras Jester enfunda su arma.

"Whisky de primera", brinda, apurando la última gota.

"Iba a ofrecerte, pero te has servido tú mismo", se sienta, con la mirada fija en ella.

"¿Cómo puedo ayudarte, Agente Hunter? Además de irrumpir en el dominio de mi hermana. Tienes suerte de que ella no esté aquí; estarías esposada en este momento", comenta sin apartar la mirada.

"Inténtalo; no lo lograrás", desafía, cruzando las piernas y dejando caer una nota sobre la mesa.

Harding desdobla el papel, la confusión grabada en su rostro.

"¿De qué se trata esto?" cuestiona.

"A mi hermano le has caído bien", responde secamente. "Dios sabe por qué. Colt mencionó que si te presentas a la hora designada, obtendrás lo que buscas", se dirige a la puerta, volviéndose hacia Harding.

"Ah, y por favor, échale un vistazo. Sé puntual".

Dejado en el umbral, Harding se rasca la cabeza mientras Victoria se desliza en su auto negro. El supuesto chófer genera dudas, pero decide desentrañar el misterio.

"Veamos qué se está cociendo".

DIECISÉIS

Con los dedos golpeando el volante, miro fijamente la antigua empresa de construcción convertida en el refugio de Mike. Un suspiro se escapa mientras reflexiono sobre los "y si", los "tal vez" y los arrepentimientos. El coche se convierte en un santuario para mis pensamientos, la radio reproduciendo una melodía que refleja mis emociones. Cantando suavemente, intento ahogar las dudas inminentes.

"De vez en cuando, cuando veo su rostro,

me lleva a ese lugar especial (...)

oh dulce hija mía

oh dulce amor mío".

La puerta del pasajero cruje al abrirse y Cole se desliza dentro con el ceño fruncido.

"¿Afinando?" bromea.

"¿Todo listo?" pregunto, con la mirada fija en la misión por delante.

"Todo listo", responde con gravedad. "Nunca pensé que saldría de mi retiro para terminar con esto".

"¿Alguna vez te has arrepentido de ese día?" pregunto.

Sacude la cabeza. "Nunca. Lo haría de nuevo por ella", sin remordimiento en su tono. "Buena suerte, hijo", palmea mi hombro.

Él sale y yo tomo su lugar detrás del volante.

MILA

Mike me arrastró a través del espacio sucio, y traté de liberarme, pero solo hizo que su agarre en mi brazo se apretara.

"¡Camina!" ladró.

Tan pronto como me soltó, le di un puñetazo en la cara, ganándome una bofetada fuerte de su cómplice que me hizo caer. La quemadura en mi mejilla palideció en comparación con la rabia que me recorría. Conocía su juego: Colt era el objetivo, el peón en su trampa.

"¡Espero haberme terminado contigo!" Escupió las palabras, seguidas de una risa cruel.

"No hay oportunidad, no si llego primero", replicó el tipo que me golpeó, empujándome hacia adelante ahora.

"No pensé que tuviera sentimientos por nadie", comentó con una mirada gélida.

"¿Por qué no debería tenerlos?" le disparé.

"En nuestra línea de trabajo, cariño, las emociones son equipaje excesivo. Matar es un arte; debes hacerlo con la cabeza y el corazón fríos. Los sentimientos solo nos desvían, al igual que nuestro mentor descubrió".

Un rugido interrumpió su conferencia cuando un vehículo se estrelló a través, causando el caos. Intenté escabullirme en el alboroto, pero Mike me atrajo cerca. Un giro chirriante y Colt salió de su coche. Mi corazón se hundió: su mirada era diferente, no la habitual.

"¿Ves eso, cariño?" Mike susurró en mi oído. "Esos ojos, esa mirada?"

Por supuesto, lo vi. Esa mirada oscura reveló el verdadero yo de Colt.

"¡Bonita entrada, hermano!" se burló Mike, apretando su agarre sobre mí. Colt, imperturbable, le disparó al otro hombre en el pecho. Mi corazón se aceleró.

"¡Colt!" grité. Algo estaba mal en esa mirada, a diferencia de cualquier otra antes.

Colt se detuvo a unos metros, enfrentando a Mike y a mí.

"Déjala ir", exigió en un tono escalofriante.

Sus ojos se posaron en mí, apretando el arma en su mano. Mike se rió.

"Un trato es un trato", dijo melodiosamente. "Ahora, cariño, ve con él", empujándome hacia Colt.

Caminé con cautela, temiendo una trampa. Cuando me acerqué, me apresuré a los brazos de Colt, y él me abrazó, levantando mi rostro al suyo, acariciando mi labio herido con su dedo.

"Colt, hay algo que necesito decirte..."

"Shhh, ahora no, cariño", sus ojos irradian esa ira profunda en el alma. "Mírame", ordena, sosteniendo mi rostro con sus manos.

"Colt, por favor déjame..."

Ignorando mi súplica, me silencia con un beso. Este es diferente, no solo duro y posesivo como su estilo habitual. Es como si quisiera grabar este momento en la eternidad. Rompe el beso, una leve sonrisa jugando en sus labios.

"Hay un viaje esperándote afuera".

"Colt, no puedo dejarte, no con él", suplico.

"Hermosa, tienes que hacerlo", besa mi frente. "Prométeme una cosa: pase lo que pase, no mires atrás. Solo corre. ¿Puedes hacer eso por mí?"

Sus ojos imploran una respuesta. Renuentemente, asiento.

"Lo prometo", susurro. Sus palabras destrozan mi corazón, las lágrimas corren por mis mejillas.

"Te amo, Mila. Eres lo mejor que me pudo haber pasado", dice, apoyando su frente contra la mía.

Parece una despedida.

"Colt, te amo", logro decir, y él sonríe.

"Yo también te amo, cariño", de repente me suelta. "Ahora ve y mantén tu preciada palabra", guiña un ojo mientras corro.

COLT

Me aseguro de que Mila corra; esa es mi chica. Ahora es el momento de ajustar cuentas.

"Acabo de conmoverme por la escena", comenta Mike, quitándose la chaqueta.

"Lastimaste a mi infeliz esposa", gruño, retorciendo mi cuello, una mirada asesina en mis ojos. "Nunca debiste haberle hecho eso..."

MILA

"Prométeme que correrás sin mirar atrás", su voz resuena en mi mente. Cuando salgo, me congelo. Colt se estaba despidiendo de verdad. ¡No! Intento ir tras él, pero el lugar estalla. Mi cuerpo es expulsado, mi corazón se detiene y el tiempo se detiene con él.

DIECISIETE

Esto parece un sueño retorcido, los recuerdos se repiten a sí mismos, un carrete interminable. Las palabras de Colt, su mirada intensa, esos besos y luego la explosión: es una reproducción implacable que se perfora en mi cabeza, aunque mi corazón recibe el golpe más fuerte.

Doy vueltas y me doy vueltas en la cama, mi teléfono se burla de mí a las 4:00 a.m. Miro al techo; el sueño me elude, una constante desde aquel fatídico día. Intentar llegar a él llegó demasiado tarde; la explosión lo tragó por completo y desde entonces ha desaparecido de mi vista.

El día del hospital se reproduce vívidamente: padres, Jester, mi mejor amigo y un tipo misterioso que, de la noche a la mañana, descubrí que era los ojos y los oídos de Colt. Cuando estaba a solas con Victoria, la verdad salió a la luz. Forenses encontraron dos cuerpos: el de Mike y el del tipo que Colt sacó justo antes de la explosión. Entonces Victoria se inclina, susurrando:

"Colt está bien".

Las lágrimas fluyen. "¿Por qué?" logro a través de los sollozos.

"Necesario. Para mantenerte a salvo. Te ama, Mila", revela Victoria, dejándome con mi dolor.

Desde entonces, las llamadas semanales de Victoria proporcionan fragmentos. Sin detalles, pero ella se preocupa por mí, tal vez por Colt. El amanecer se rompe, señalando el trabajo. Corro las cortinas, saludado por el sol. Suena el teléfono: mi madre.

"Hola, cariño", dice, una rutina desde la revelación de Colt.

"Estoy bien. ¿Y tú?" Busco mi uniforme.

"Solo comprobando. Turno agotador, ya sabes cómo es".

Sonriendo, estoy de acuerdo. "Debo ir a trabajar, mamá".

"Tu padre quiere que vengas a casa este fin de semana. Está preocupado".

Padre, el primero en entender. "Veré qué puedo hacer".

"Mantente ocupada, cariño. Cuídate y llama a tu padre. Besos".

En la ventana, la nostalgia me invade. "Deberías estar afuera tomando una copa", digo en voz alta.

Nick asciende el último tramo de escaleras hasta la terraza, encontrando a Colt con binoculares. Se burla: "¿Acosándola de nuevo?"

"Ocúpate de tus propios asuntos", Colt responde secamente.

"Pensé que la explosión había mejorado tu estado de ánimo", bromea Nick.

Colt, cambiado con barba y un corte de pelo cercano, responde: "¿Qué?" al ver el ceño fruncido de Nick.

"¿Aún no has ido detrás de ella?"

Colt se pone una gorra de béisbol. "¿Crees que no lo he pensado?" Admite, tentado a entrar en su apartamento mientras ella está en el trabajo, solo para sentirse cerca.

"Es mejor así, por ahora. Necesito terminar esto. Muévete, chico", Colt urge.

"La resistencia no durará mucho", desafía Nick.

"¿Qué apuestas?" Colt se vuelve, mirándolo.

"El Mustang negro", Nick levanta una ceja.

"Echo", responde Colt. "Ahora, son monos".

MILA

Al salir del trabajo, Jester espera junto a su auto, avivando una camaradería que ha crecido entre ellos.

"Hola", lo saluda, extendiendo su mano para un abrazo amistoso.

"Hola, Houdini", lo molesto, sin haberlo visto en casi una semana.

"Disculpas, la vida encubierta me mantiene ocupado", explica con una sonrisa pícara en los labios. "Pero aquí estoy en mi tiempo libre, revisando a mi nueva chica favorita".

"Muy apreciado. ¿Café?" Sugiero, guiándolo hacia un parque cercano.

La voz urgente de Colt se abre paso a través del auricular. "¡NICK, DESACTIVA EL SENSOR!"

"¡Argh!" Nick gruñe, quitándose el auricular. "¡Bien, bien! ¡Vigilar a tu chica y cubrir tu espalda no es un paseo por el parque, ya sabes! ¡Si alguien está acechando, eres tú!"

"Solo hazlo", Colt le espeta.

"Está bien, pero me ganaré ese Mustang", declara Nick, observando a Mila comprando cafés. "Adelante, o llegarás tarde a tu cita de café".

"¿Qué es eso?" Los oídos de Colt se erizan.

"Nada, nada", se corrige Nick. "Tú concéntrate en tus asuntos".

MILA

Jester pincha a Mila con picardía: "Todavía no se ha encontrado el cuerpo, ya sabes". Probándola, esperando una grieta en su fachada.

"Victoria mencionó algo", miento, sorbiendo mi café, con los ojos puestos en los niños jugando. "Jester, hemos hablado de esto. Si Colt quisiera comunicarse, lo habría hecho".

"Ponte en los zapatos de Colt. Si le preocupa tu seguridad, probablemente te esté vigilando".

Jester, siempre el policía, echa un vistazo a su alrededor. Se ríe, pero mi risa se desvanece cuando se pone serio.

"En serio, Mila. Si realmente te ama, estaría haciendo exactamente eso".

Tal vez Jester tenga razón... Busco cualquier señal de que Colt me esté observando, pero las ilusiones se desvanecen, y Jester lo capta, riéndose.

"¿Necesitas ayuda con eso?" sugiere con una ceja levantada, un brillo travieso en sus ojos.

Mientras Nick escucha la intensa conversación de Colt, cuelga las piernas por la ventana. Mila sonríe a un extraño, y su atención se agudiza. El brazo del extraño rodea sus hombros.

"¡Oh, mierda!" Nick maldice. "Esto está mal".

"¿Qué pasa?" Colt exige.

"Digamos que nada... o todo, ¿verdad?" Nick sigue observando.

Colt agarra al tipo ensangrentado, empujándolo contra la bañera. "Espera un segundo", ordena, señalando al hombre. "¡Nick!"

"¿Qué ahora?" Nick gruñe.

"¡Dime qué está pasando!"

"Bueno, la buena noticia es que tu chica está sonriendo. Mucho, de hecho", describe Nick. "La mala noticia es que no está sola".

"¿De qué estás hablando?" Colt abofetea al tipo, que se desmaya.

"El anciano no está solo. Está sonriendo a alguien más", dice Nick, con tono inquieto.

Colt cierra los ojos, la frustración aumenta. "Toma una foto. Ahora. Quiero saber quién se está aprovechando de que no esté con mi chica".

"Ugh", suspira Nick. "¿Y ahora qué?"

"Ahora... está acariciando su rostro", responde Nick, con miedo evidente en su voz.

Colt arroja al tipo a la bañera con enojo, ahogando su furia. "Te envío la foto".

Colt estudia la imagen en su teléfono, confirmando la inquietante verdad. El detective Jester, el hombre que toca el rostro de su esposa. La ira de Colt se enciende. "¡Maldito Harding!" grita.

MILA

Jester y Nick, el dúo dinámico del espionaje, jugaron su juego de manera deficiente. Uno se escondía en las sombras, pensando que era un fantasma, mientras que el otro parecía más en casa detrás de una pantalla que en el campo.

"La vigilancia no es tu fuerte, chico", comenta Jester, con la mano apoyada en el pecho de Nick.

"No, no cuando no estoy pegado a una computadora", se ríe Nick, aparentemente sin inmutarse.

No me complace. "Jester, déjalo ir. Necesito hablar con él".

"Escucha, detective. Ambos sabemos que no voy a terminar tras las rejas", provoca Nick.

Ignorando su bravuconería, Jester lo agarra por la camisa, sacudiéndolo. "¡Jester, vamos!" intervengo.

"No me provoques, chico. Sé que eres intocable por alguna razón divina".

Nick sonríe con descaro, sin miedo. Jester lo suelta, y le hago una señal a Nick para que lo siga.

"Oye, Mila, yo no quería..."

Me giro para encararlo. "¿Dónde está?" Fulmino con la mirada.

"No lo sé".

"¡No me mientas!"

Al ver su mano libre en la oreja, me doy cuenta de que Colt está escuchando. Le quito el auricular, y un grito se escapa de Nick.

"Colt", digo, y reina el silencio. Mi corazón late con fuerza. "Escucha, maldito idiota. Si crees que lo que estás haciendo es lo mejor, no lo es. Yo...", cierro los ojos, luchando contra las lágrimas, desgarrada entre la ira y la añoranza. "¡Deja de hacerme esto! Colt, te extraño". Devuelvo el auricular a Nick y me voy con el corazón destrozado.

Nick permanece en silencio, observándome mientras me voy. "¿Sigue ahí?" pregunta en voz baja.

"Aún no se ha ido. ¿Estás seguro de querer continuar con la apuesta?" cuestiona.

"A estas alturas, ni siquiera sé qué es realmente lo que quiero hacer", admite Jester.

"Déjame decirte que eres un bastardo por hacerle esto. Volveré a la casa segura, informaré al personal de limpieza", dice Nick, quitándose el auricular y caminando hacia el vehículo. Incluso Nick compadece a su jefe.

MILA

Un ruido me despierta sobresaltada, y salto de la cama. Alguien ha invadido mi apartamento. Descalza, navego en la oscuridad, agarrando la primera arma que encuentro: una sartén. Aferrándola, me acerco hacia el origen del sonido. Acercándome lentamente, descubro una ventana abierta, confirmando la presencia de un intruso. Con el corazón palpitante, levanto la sartén, sintiendo a alguien detrás de mí. Sin dudarlo, me giro, lista para golpear.

"¡Mila, basta! ¡Oye!" Una voz corta a través.

Enciendo la luz y allí está él: Colt. Divertido. Pacífico.

"Soy yo", dice, gesticulando casualmente.

Maldito sea, apareciendo como un ladrón en la noche. "¡Tú!" Lo acuso, dividida entre la frustración y el alivio. Intento otro golpe con el sartén, pero Colt me desarma sin esfuerzo.

"¡Cómo te atreves, maldita sea!" Salto, intentando alcanzar los tres cabezas más altos inalcanzables. Derrotada, señalo hacia la puerta. "Vete".

"Vaya, también te extrañé, querida", se burla, dejando el sartén en el mostrador.

"¿Qué quieres? ¿Una bienvenida de héroe?" Replico, inflexible.

"¿O tal vez solo un beso?" Sugiere con una sonrisa burlona.

"No puedes estar hablando en serio".

"¡Fuera!" Grito, furiosa.

"Mila..."

"¡No, Colt!" Lo enfrento, golpeándolo en el pecho, con lágrimas corriendo. "¡El lugar explotó contigo dentro! Luego me entero de que estás vivo, y peor, me espías como un acosador".

Entierro mi rostro en su pecho, su abrazo reconfortante. "Tuve que hacerlo, no quería perderte", explica cuando levanta mi rostro, con sinceridad en sus ojos.

"¿Por qué?"

"Para protegerte. Mi pasado me atormentaba y tuve que terminarlo".

"Estás loco, ¿lo sabías?"

"Un poco, cielo. Solo un poco". Sonríe, atrayéndome para un beso. Su sabor es familiar y extrañado. Cuando se suelta, apoya su frente contra la mía, sonriendo.

"¿Qué?" Pregunto, confundida, con los brazos alrededor de su cuello.

"Nada, solo que le debo a alguien un coche".

FIN

Don't miss out!

Visit the website below and you can sign up to receive emails whenever Alice H.F publishes a new book. There's no charge and no obligation.

https://books2read.com/r/B-A-PGNHB-JJSFD

BOOKS 2 READ

Connecting independent readers to independent writers.

Also by Alice H.F

Dark Angel: Mafia Romance
Inked Hearts: Eine Bad Boy Tattoo Romance
Sinner's Escape: Mafia Romanz
Bound by Duty: Mafia Romanze
Bound by Duty: Romance Mafieuse
Kings of the Mafia: Mafia Romance Sammlung
Kings of the Mafia: Une Mafia Romance Collection
Dark Angel: Mafia Romance (Edición Español)
Dark Angel: Um Romance de Máfia (Edição Português)
Sinner's Escape: Mafia Romance (Edición Español)
Sinner's Escape: Um Romance de Máfia (Edição Português)